Todas as suas faces

VALENTINA K. MICHAEL

astral
cultural

Copyright © 2021, Valentina K. Michael
Todos os direitos reservados à Astral Cultural e protegidos pela Lei 9.610, de 19.2.1998.
É proibida a reprodução total ou parcial sem a expressa anuência da editora.
Este livro foi revisado segundo o Novo Acordo Ortográfico da Língua Portuguesa.

Produção editorial Aline Santos, Bárbara Gatti, Fernanda Costa, Jaqueline Lopes, Mariana Rodrigueiro, Natália Ortega, Renan Oliveira e Tâmizi Ribeiro
Revisão João Guilherme
Capa Marcus Pallas
Foto 4 PM production/Shutterstock

Dados Internacionais de Catalogação na Publicação (CIP)
Angélica Ilacqua CRB-8/7057

Michael, Valentina K.
  Todas as suas faces / Valentina K. Michael. — Bauru, SP : Astral Cultural, 2021.
  224 p.

  ISBN 978-65-5566-110-1

  1. Ficção brasileira I. Título

20-4199

CDD: B869.3

Índices para catálogo sistemático:
1. Ficção brasileira

 ASTRAL CULTURAL EDITORA LTDA.

BAURU
Av. Duque de Caxias, 11-70
CEP 17012-151
Telefone: (14) 3235-3878
Fax: (14) 3235-3879

SÃO PAULO
Rua Major Quedinho 11, 1910
Centro Histórico
CEP 01150-030
Telefone: (11) 3048-2900

E-mail: contato@astralcultural.com.br

PRÓLOGO

LUA

EU ODIAVA O CHEIRO DE MOFO E ROUPAS SUJAS, O BARULHO DE ferrolhos enferrujados, os olhares rudes e desconfiados dos policiais armados e a cor se descascando das paredes e do chão que eu pisava.

Era uma prisão estadual e Damião odiava que eu fosse até lá, porém, naquele dia, deveria visitá-lo, segundo sua ordem. E deveria atendê-lo devido às ameaças as quais me via submetida. Ele era meu pai; não tínhamos tanta intimidade, mas ele tinha minha vida em suas mãos.

Com o coração disparado, fechei os olhos e esperei as guardas realizarem a revista em mim. Esse era um dos motivos pelos quais Damião insistia para eu vir visitá-lo apenas em casos extremos. Ele considerava aquilo uma humilhação, o que de fato era; além disso, segundo ele, era perigoso que outros presos rivais me vissem.

Fui levada a uma sala reservada e me sentei diante dele com uma mesa de metal fixada no chão, que ficava entre nós. Não podíamos ter contato, mas, mesmo assim, ele segurou minhas mãos. Eu odiava o jeito que ele me olhava, quase... faminto. Seus olhos atingiam um brilho que me causava desconforto.

— Damião... — Engoli em seco, segurando minhas mãos. — Estou esperançosa que me chamou aqui para me dar a localização de Rafael... — Eu seria muito tola em acreditar que enfim chegara o momento?

O dia em que Damião foi preso, os capangas dele vieram e levaram minha única família: Rafael, meu irmão de treze anos. E era usando isso que ele controlava todos meus passos.

— Pequena Lua — ele sussurrou, como se meu nome fosse doce aos seus lábios. Apertou minhas mãos e eu gelei. — Ainda não é o tempo.

— Pai... — Tentei usar a forma carinhosa que eu o chamava quando mais nova.

— Sem implorar, você sabe que odeio isso. — Seu semblante pesou instantaneamente.

Afastei minhas mãos e abaixei os olhos.

— Ei, garota. — Tocou no meu queixo. — É para o bem de vocês. Saberá logo onde ele está, prometo que essa será sua última missão.

Esperançosa, fitei seus olhos.

— Diga.

— Chegou o ponto alto do nosso joguinho...

— Seu joguinho. Deixe-me fora de seus crimes — rebati, enfrentando-o, o que era uma raridade. Ele riu mostrando os dentes amarelados pelos cigarros.

— Já está criando asinhas. Muito bem, vou precisar desse seu rompante.

— Eu já fiz de tudo... Já transportei drogas, armas, recados...

— É só mais isso. Estou seguindo umas artimanhas e, se tudo der certo, conseguirei sair no próximo mês. — Ele desdobrou um papel e empurrou-o para mim. Olhei a foto do homem e engoli em seco. — Estou aqui por causa deste homem. Você vai atrás de um de meus subalternos, que já sabe de tudo, e ele vai te dar o que é necessário para realizar esse serviço.

— O... o que eu... tenho que fazer? Não vou matar ninguém. — Atropelei as palavras, mostrando meu desespero na voz.

— A pessoa que vai te encontrar explicará a missão.

— Damião, pelo amor de Deus... Eu não posso...

— Pode. Ou nunca mais verá seu irmãozinho. — Ficou de pé e gritou: — Guarda!

— Pai, espere.

— Para trás, moça. — Um carcereiro levantou a voz. — Você já pode ir embora.

Damião se foi e eu fiquei ali, com aquela foto amassada e apertada na mão.

1

A MAMÃE NOEL

LUKE

O NATAL ESTAVA PRÓXIMO, E O TEMPO FECHOU SOBRE A CIDADE. Não me lembrava da última vez que aconteceu um Natal chuvoso. Mas eu gostava de pensar que o clima lá fora estava tentando imitar o meu humor: nublado.

E qual era a novidade? Eu sempre parecia estar nublado.

Busquei na memória um bom momento que atenuasse o amargor cotidiano no meu coração. Não havia nada de bom para relembrar dos vários anos que passaram.

Meus dias costumavam ser corridos e agradeço por ter algo em que possa focar, tentando ignorar que, na verdade, são escuros e frios, além de mecânicos. Posso arriscar dizer que apenas o gozo do sexo era verdadeiro, porque nem mesmo ressaca eu me deixava experimentar. Nada de ir para um bar me embriagar para compensar a sensação de vida mediana. E que, no entanto, era apenas sensação, afinal minha vida não era nem um pouco mediana.

Ganhei meu primeiro milhão antes dos trinta e, como resultado do meu suor, possuo hoje uma das maiores indústrias navais da américa latina. Graças ao meu empenho e à minha função que é projetar petroleiros, cargueiros, cruzeiros e todo o tipo de navio de grande porte que se possa imaginar. Olhando pela janela do meu escritório no prédio da River Naval, vejo o mar calmo e azul se encontrando com o céu bem no limite do horizonte, enquanto vários navios aportados repousam sobre as águas. E essa visão me lembra cotidianamente que sou bom no que faço.

Com a manga do paletó, limpo uma manchinha no vidro. *Essa mancha sempre esteve aqui?*

Penso no meu pai e meu humor piora. Estava indócil; agora, estou zangado. Inspirei o ar com força, como se essa lufada pudesse retirar minhas mágoas. Não deu certo e, quando vi meu reflexo no vidro da janela, me afastei.

Sentei-me em minha mesa extremamente arrumada e tamborilei os dedos pensando se remarcaria para amanhã a reunião com compradores da Grécia. Instantaneamente, me sentia exausto. Duas batidas na porta me avisam da interrupção de Bernadete, minha secretária, a única que tinha permissão para vir à minha sala sem ser chamada.

— Senhor Luke, a sua reunião das três. Confirmo? — Ela poderia me interfonar, mas, se está aqui, tem algo mais importante para mim.

— Mantenha. O que mais?

— Seu pai...

Balbuciei algo incongruente e sorri, rancoroso.

— Eu já disse que não quero...

— Ele não está aqui. Quer dizer, esteve, mas já foi. Deixou isso. Com licença. — Aproximou-se e me entregou um envelope. — Vou manter a reunião. Mantenho o encontro com a senhorita Jane?

— Sim, mantenha. Obrigado, Bernadete.

Esperei ela fechar a porta e abri o envelope, expressando pouco caso, mas lutando contra a curiosidade.

Arfei e soltei um palavrão quando vi que se tratava de um convite. Mais um. Meu pai não aprendia. Puxei a fita roxa com brutalidade e tive um acesso de fúria ao ler o convite de casamento do meu pai. Ignorei o nome da noiva e qualquer outra informação e pulei para a data. Cinco de janeiro. Daqui a alguns dias. O que dava a entender que eles já estavam noivos e eu nem sabia.

Um bilhete caiu do envelope.

> "Não encontrei uma forma adequada de te dar essa notícia, diante das escassas oportunidades que você tem me dado. Por favor, venha amanhã para a confraternização de Natal.
> Com amor, seu pai."

Joguei o bilhete na gaveta, rasguei o convite em duas partes e atirei-as na lixeira, resistindo ao impulso de pegar o telefone e ligar para ele. Não adiantaria. Como sempre, eu seria o filho amargurado tentando destruir o futuro cor-de-rosa que ele acha que vai ter.

Sentei-me esfregando a barba, enquanto refletia. O asco era inquietante, então afastei a cadeira e fiquei de pé, andando pela sala.

Calma. É só ignorar, como sempre.

Era difícil conviver com o fato de que meu pai não fazia parte da minha rotina. Entretanto, me irritava continuamente sua postura afável demais com quem não merecia. Assim como eu, meu pai era focado no trabalho dele, e foi justamente isso que nos afastou.

———•———

A REUNIÃO, PARA MIM, TINHA SIDO TEDIOSA. ESTAVA INQUIETO, o convite tinha conseguido me tirar do sério e estragou o resto do meu dia, que já não prometia ser promissor.

Meu pai era um médico renomado, tinha feito muito pela medicina de nosso estado, era referência, mas sua carência excessiva e sua busca por aprovação o levaram a essa situação patética de se colocar como alvo de mulheres interesseiras. E eu falava isso com propriedade. Vi de perto cada uma de suas esposas abandoná-lo e levar consigo rios de dinheiro. E, para comprovar que essa não seria diferente, bastou uma ligação para Murilo, meu amigo e advogado da empresa, para ele me dar uma informação valiosa.

— Não conhece sua futura madrasta ainda? — ironizou, sabendo que me deixaria mais puto; entretanto, não pareceu preocupado.

Murilo era o yin do meu yang. Nos damos bem desde o colégio e ele está sempre ao meu lado, impedindo-me de surtar.

— Pode me arranjar tudo sobre ela?

— Claro. A única coisa que sei é a idade, vinte e cinco.

— Sabia. — Bati a mão na mesa. — Uma golpista. — Sentei-me. Minha sala, sempre tão confortável, tornou-se aflitiva. Afrouxei o nó da gravata.

— Só porque seu pai tem setenta acha que nenhuma mulher se interessaria por ele?

— Uma senhora de cinquenta ou sessenta anos? Talvez — ponderei. — Uma mulher de vinte e cinco? Não acredito mesmo.

— Vai na ceia de Natal ou vai fazer como no ano passado? — Murilo não se cansava de me recordar da festa que dei ano passado no dia da ceia de Natal, o que deixou meu pai profundamente indignado. E aquela tinha sido justamente minha intenção.

— Não sei ainda. Nos falamos depois.

— Não surte, cara. Qualquer coisa, me ligue.

Bom, é como dizem, os amigos são a família que o coração escolheu.

Encerrei meu expediente, ainda engolindo uma vontade absurda de esbravejar com meu pai.

Acenei sem muito alarde para o porteiro do condomínio e, quando entrei em casa, ela parecia ainda mais sufocante. Lá fora, uma chuva fina começava a cair, deixando uma brisa fria mais intensa no ar.

A casa estava quente e à meia-luz. Acendi uma luminária, joguei as chaves e a carteira no aparador e passei pela sala escura, que se tornava calorosa por causa da cor mostarda predominante.

— Luke.

Parei antes de subir as escadas e olhei para a governanta. Sempre muito tensa na minha presença, Claudia transmitia insegurança, mas era uma boa cozinheira, entendia meus gostos e foi a única que permiti que me acompanhasse desde meu passado fatídico.

Olhar para ela era como acariciar uma ferida nunca curada. As recordações me afogavam.

— Fiz o jantar como me recomendou, as bebidas estão no balde de gelo e coloquei a mesa do jantar. Quer que eu fique para servir?

Geralmente, quando eu recebia alguém, nunca pedia para Claudia ficar. Preferia estar sozinho.

— Não. Você está liberada por hoje.

— Sim, senhor. — Sorriu sem jeito e disse em seguida: — Amanhã é Natal, preciso correr para preparar a ceia.

— Não precisa vir amanhã. Passe um tempo com sua família.

— Oh! — Levou as mãos a boca. — Muito obrigada, Luke. Preparei um banho para o senhor e o banheiro social para sua convidada que vai chegar.

— Certo. — Virei as costas para ela e subi as escadas. As luzes se acendendo a cada passo avançado.

Meus músculos relaxaram quando entrei na banheira e mergulhei na água morna. Precisava de uma sessão de socos com Murilo qualquer dia desses. Treinar para valer e sair moído de lá. Apenas malhar ou correr não estava sendo suficiente para aplacar minha inquietante tensão. E as sessões de terapia com o doutor Dirceu pareciam infrutíferas.

Eu parecia viver em uma panela de pressão, quando, na verdade, tinha meu próprio negócio, tinha em minha cama quem quisesse e era um nome promissor no país. Mas a sensação de estagnação sempre me acompanhava, como se estivesse parado enquanto o mundo ao meu redor corria. Após o banho, vi meu reflexo no espelho, aprovando minha aparência. Um homem de trinta e cinco que pairava sob um mar de poder.

Repensei e decidi que hoje não era meu dia de socializar com ninguém. Se fosse ao menos transar e ir embora, talvez toparia. Mas não tinha saco nenhum para aguentar meia hora de conversa em um jantar entediante em que ela se desdobraria para tentar chamar minha atenção e me conquistar de alguma forma.

Peguei o celular, toquei em um número e Bernadete atendeu de imediato.

— Luke.

— Ainda está na empresa?

— Sim, estou. Saio em vinte minutos.

— Por favor, desmarque com a senhorita Jane. E peça a ela que não me ligue, nos falaremos em outra oportunidade.

— Claro, farei isso. Boa noite, e feliz Natal, Luke...

— Feliz Natal, Bernadete.

Para mim, não tinha nada de feliz.

Joguei o celular em uma poltrona, me vesti em dois minutos e saí de casa disposto a qualquer coisa que me fizesse esquecer o fato de que mais uma golpista daria a rasteira em meu pai. Essa era a quarta esposa mais nova que ele arranjava.

DIRIGI SEM RUMO PELO COMEÇO DA NOITE UM POUCO CHUVOSA. Eram quase sete e muitas pessoas ainda estavam nas lojas e nos supermercados. Amanhã seria Natal e todos teriam compromisso. É a data da confraternização, de estar perto dos seus familiares, de sorrir e ser abraçado. Talvez eu compre um uísque e vá beber no cemitério, lendo sem parar aquele epitáfio...

Ok. Eu não era a porra de um CEO depressivo e mal vivido. Certo, pode parecer, mas não sou. Tenho meus motivos. Prossiga e descobrirá.

Parei o carro em uma vaga, cobri a cabeça com o capuz do moletom, desci e andei pela rua molhada e muito movimentada. Um carro jogou água em meus pés, no entanto não me importei. Estava indiferente a tudo à minha volta.

Olhei com curiosidade para uma mulher passando carregada de sacolas de presentes; mais à frente, um homem saía rápido da loja, já acenando para um táxi. Um Papai Noel berrou: "Ho! Ho! Ho!" no meu ouvido e eu me afastei sem parar de andar. Crianças gritavam, vendedores ambulantes disputavam a atenção de pedestres, um guarda apitava na esquina e finalmente empurrei a porta do bar e entrei, odiando o barulho do sininho na porta e a guirlanda batendo em minha testa.

Faz tempo que não aprecio o Natal. Jesus nem mesmo tinha nascido em vinte e cinco de dezembro.

O bar ficava a duas quadras da *River Naval*. O dono já me conhecia de vista e acenou para mim assim que entrei. Não é um bar que um homem como eu entraria, mas é justamente um bar para me esconder quando preciso. Me sinto um camaleão que se adequa ao ambiente, me camuflando entre um bando de pessoas comuns. Por isso, nada de relógio caro; uso um par de tênis meio batidos e moletom gasto. Me sentei no lugar que estava vago no balcão.

— Vai o mesmo de sempre, seu River? — o barman perguntou.
Ele referia-se a mim pelo nome da empresa.

— Sim.

Ele colocou o uísque para mim e foi atender outro cliente. Olhei para o líquido no copo. Eu nunca bebia demais, apenas um pouco para tentar acalmar. Na minha casa, possuía os melhores uísques, entretanto parecia diferente pedir uma dose em um balcão de bar. Quando o barman passou perto de mim, comentou:

— A chuva está aumentando.

Apenas assenti, empurrando o copo para ele colocar mais.

— Quem estiver a pé ou de ônibus, é melhor correr ou vai ficar preso aqui até amanhã — avisou em alta voz para todos no bar.

Algumas pessoas começaram a levantar para ir embora.

Era o único dono de bar que afugentava seus clientes.

— Essa parte da cidade fica um caos quando chove — disse ele.

— Sim. Acho melhor eu ir também.

— Certo.

Tirei uma cédula da carteira, depositei no balcão, acenei para o homem que sempre me servia, mas que eu não sabia o nome, e fui para a porta. Estava ajeitando a carteira no bolso quando a porta se abriu e alguém trombou em mim. Ela caiu aos meus pés e do seu lado havia um saco vermelho enorme. Era uma Mamãe Noel, toda encharcada.

Eu estava petrificado encarando seus olhos verdes assustados. Todo meu passado doloroso me engoliu com ganância e eu perdi qualquer função motora. Era como vê-la novamente. Era como olhar nos olhos daquela miserável.

Ruiva... olhos verdes. Engoli em seco e recobrei minhas reações, ajudando-a se levantar.

— Você está bem?

— Ah... — Ela olhou em volta, pegou o gorro vermelho e fez uma careta quando o viu sujo. — Estou bem — disse, observando o balcão e procurando uma banqueta vazia. Havia duas.

Me ignorando, ela caminhou para lá e isso atiçou algo escondido em mim. As botas vermelhas de salto alto pareciam desconfortáveis e ela estava mancando. Peguei o saco vermelho que ela esquecera no chão e coloquei ao seu lado. Voltei a me sentar no lugar onde estava antes.

Sabemos que a atração move o homem. Primeiro a atração, depois ficar com a garota, conhecê-la logo em seguida e depois decidir se gosta ou não dela. Atração é diferente de gostar, é possível se sentir atraído por um inimigo, por exemplo.

— Seu saco — falei.

— Obrigada. — Sorriu e mordeu levemente o lábio, tentando evitar fazer contato visual comigo. Não era a desgraçada da Madalena, e isso me deixou um pouco aliviado. Meu coração ainda acelerava muito. Tranquei a miserável no lugar mais profundo da minha mente e fitei a desconhecida.

Ela era linda. Não do tipo modelo, mas do tipo que, mesmo toda encharcada, conseguia ficar ainda mais bela. Era bonita em sua simplicidade. Passei os últimos anos em relacionamentos mecânicos, e ela era a primeira nesse período a conseguir balançar meu coração, pau e estômago ao mesmo tempo.

Queria possuí-la muito forte, nesse exato momento. Desejos primitivos nasceram em mim e achei bem-vinda a ereção espontânea que eu não experimentava há tempos.

— O que eu posso comprar com isso? Quente? — Jogou no balcão uma cédula de cinco amassada e algumas moedas.

— Um conhaque e um café — o barman respondeu, pegando o dinheiro.

— Pode ser. — Ela passou as mãos nos cabelos ruivos e, de cabeça baixa, ficou batendo os bicos das botas vermelhas no balcão.

Era uma ruiva legítima, com direito a sardas.

— Chuva no Natal é um saco — falou. Em seguida, me olhou. — Gosta do Natal?

— Não. — Rosnei, encarando sua boca rosada, que pedia um beijo quente.

— Sabe como chama *o cara* que não gosta do Natal?

— Grinch? — Dei de ombros.

— Não. Des-natal-rado. — Gargalhou e eu franzi o cenho, sem rir. — Des-natal-rado... desnaturado.

— Eu entendi.

Queria muito passar uma noite inteira com essa mulher em minha cama, em meus braços. Eu sempre conseguia qualquer uma que quisesse e tinha que consegui-la também.

— Ah, bom... — Voltou a abaixar a cabeça. Suprimindo o desejo de revirar os olhos para mim.

Eu era péssimo em conversar. Gostava mesmo de convidar mulheres para jantar comigo e fazer sexo depois. Simples e direto.

— Você, pelo jeito, gosta de Natal — falei e ela se assustou com minha voz, me olhando.

— Ah... — Ficou boquiaberta e aproveitou para dar uma boa olhada em meu corpo. Rápida como um raio, mas não o suficiente para eu não perceber.

— Falo isso porque você é uma Mamãe Noel.

— Ah... acha que eu amo o Natal por causa da roupa? Não. Claro que não. Isso é um bico que me arrumaram. Não tenho onde cair morta, preciso pagar meu aluguel... — Olhou para minha roupa novamente e completou: — Você deve entender.

— Sim, entendo.

Ela achava que eu era um pobre coitado.

— Pois é. — O café dela chegou, e a observei tomá-lo e esfregar as mãos para se esquentar. Ela olhou para mim e, quando me viu encarando-a sem piscar, enrubesceu, me deixando mais duro ainda.

— River. — Estendi minha mão para ela usando o nome da empresa para me apresentar. O melhor de tudo é que ela não parecia me conhecer.

— Lua. — Estendeu a mão para mim.

— Apenas Lua?

— Sim. Como o astro que rouba a luz do sol. — Tomou mais um gole de café. — Que tipo de nome é o seu? Inglês?

— Ah... abreviação de Rivelino. — Boa saída pela tangente usar o nome da minha empresa.

— O jogador. — Ela estalou os dedos com um sorrisão iluminando o olhar.

— Isso. É daqui, da cidade, Lua?

— Sim e não. Cheguei há pouco tempo, mas já estou me adaptando. — Olhou para as vidraças do bar e espremeu os olhos na tentativa de enxergar melhor lá fora. — A chuva engrossou. Preciso ir para casa.

— Mora longe?

— Um pouco. Meu celular já era. — Fez uma careta e terminou de tomar o café. — Caiu em uma poça na rua. Poderia me emprestar o seu para eu pedir um Uber?

Era a minha chance perfeita. Poderia terminar a noite dentro dela. *Meu interior sorriu com minha maquinação perfeita.*

— Eu estou de carro, posso te dar uma carona.

Ela arregalou os olhos, surpresa pela oferta, e curvou o pescoço de lado, me fitando.

— Você é um estranho para mim.

— Um estranho para todos aqui. — Apontei para o barman.

Venha comigo, por favor. Preciso te convencer a ser minha esta noite.

— Seu River é de confiança. — O barman me ajudou, mostrando que ouvia nossa conversa. Eu tinha que me lembrar de dar uma boa gorjeta para ele. — Se não for com ele, terá que esperar muito ou enfrentar a chuva. Duvido que tenha algum Uber disponível.

Mordendo o lábio rosado, ela pensou um pouco e me olhou.

— Vamos. — Usei um tom brando, convencendo-a.

— Tenho um canivete e sei usá-lo — advertiu. Ficou de pé e engoliu a dose do conhaque que estava intacta. — Amanhã, irei me condenar por ser tão imprudente.

2
NOITE FELIZ

— **EU LEVO ISSO. — ME APRESSEI E PEGUEI O SACO VERMELHO** que era parte da fantasia dela.

Corremos juntos debaixo da chuva até onde meu carro estava estacionado. A rua já estava quase toda deserta, se não fosse pelos carros que se aglomeravam em uma fila quilométrica. Destravei as portas e Lua deu a volta para entrar.

— Carro legal — elogiou, ofegante, quando já estávamos dentro do veículo, protegidos da chuva.

— Do meu pai — menti.

— Você faz o quê?

— Sou vendedor. — Não deixava de ser verdade.

— Que legal. E o que você vende?

— Coloque o cinto, por favor. Produtos aquáticos.

— Legal.

Arranquei com o carro, me policiando para não olhar as pernas dela e perder o controle da direção. Geralmente, eu sempre era contido em relação a mulheres. Não confiava em nenhuma para firmar relacionamento, porém não deixava de ter minhas noites agradáveis com elas. Era o caso de Lua. Eu a queria nua em meus braços, sem qualquer compromisso, para dar-me uma bela distração.

O trânsito estava parado. O que se ouvia era a chuva caindo e as buzinas dos motoristas impacientes.

— Parece que vamos ficar muito tempo juntos — disse Lua.

— Que pena que seja em um carro no meio da rua. — Nossos olhares se encontraram. Ela surpresa com minha indireta e eu sustentando o meu desejo explícito no olhar.

— Você mal me conhece e já está flertando?

— Costumo ser direto.

Me fitando, ela enrubesceu e desviou o olhar. Mas deixava escapar um sorriso de comum acordo. Eu não era o único com desejos.

— Nunca pensou em fazer uma loucura na véspera de Natal e ir para a cama com um estranho? — insisti.

Lua ajeitou os cabelos e ponderou, meneando a cabeça. Em seguida, tinha um olhar determinado que me deixou em chamas dentro da cueca. Ela estava aceitando o desafio.

— Eu não sou uma mocinha boba. O quanto estaria disposto a arriscar?

— Já estou arriscando. Você me agrada muito. Desperto o mesmo em você?

— Demais.

— Motel?

— Melhor que em um carro debaixo da chuva.

———•———

EU A BEIJEI COM FUROR, ASSIM QUE ENTRAMOS NO QUARTO. FAZIA tempo que eu não encontrava uma mulher que me dava tanto tesão. Lua era doce e sexy em sua feminilidade sedutora.

— Meu Deus! Você é muito grande... — ela sussurrou, arrancando meu moletom e demostrando luxúria em cada poro do corpo. Lambeu meu peito e chupou meu mamilo, mordendo-o em seguida. Gemi, impressionado com sua desenvoltura.

Quando Lua lambeu meu pescoço e segurou meu maxilar para beijar minha boca, estremeci de uma forma tão gostosa que soltei um palavrão; de forma rude, arranquei a parte de cima da fantasia dela e experimentei cada um de seus seios.

Lua sorriu, gostando do contato de meus lábios, e seu gemido era tão agradável que me deu arrepios em toda espinha.

— Merda. Eu não sou assim... uma mulher que transa com estranhos... — Ela arfou, quando a peguei e a joguei na cama redonda. — Mas você é tão grande e cheiroso... — Calei os elogios dela com um beijo de língua.

Eu não queria pensar ou refletir sobre sexo com estranhas, queria essa ruiva embaixo de mim, saciando meu desejo que atingira um limite alto demais para voltar.

Não ficava com uma ruiva desde Madalena. E que se danasse essa minha regra. Eu queria Lua, sim.

E quando ela estava completamente nua na cama, me esperando, com os cabelos ainda úmidos, os lábios rosados e inchados pelos meus beijos e os seios subindo e descendo rápido acompanhando a respiração ofegante, eu disse a mim mesmo que queria não só esta noite com ela: a queria tanto a ponto de cansar.

Seu gosto estava em minha boca, os riscos de suas unhas ardendo em meu peito, a entrada tão quente como o inferno, só me aguardando, implorando por preenchimento completo; um contato tão íntimo e apertado que iria nos fazer gemer alto, enlouquecidos.

Assim que eu estava em seu interior, beijei sua boca, lambi o pescoço e cheguei aos seios. Entrei e saí, afundando-me na maciez viciante, enquanto adorava os seios com meus lábios.

Me girei na cama, deixando Lua controlar as investidas, e ela era mais linda ainda quando estava sendo possuída por puro prazer. Mordeu seus lábios, jogou a cascata de cabelos ruivos para trás e saboreou meu corpo como bem quis. Indo rápido e fundo, tão fundo que eu via estrelas.

Porém, o melhor, que deixou Lua moída e ela adorou, foi quando a virei de peito para baixo, elevei seu traseiro com alguns travesseiros e montei sobre ela. Abracei-a por trás e me perdi em seu corpo.

— Caramba! Que delícia! — ela gritou, apertando o lençol entre os dedos. Por baixo de mim, ela era uma bomba prestes a explodir. Lua escolheu o cara certo para despertá-la.

Puxando seus cabelos, agarrei-a montado atrás e não parei, fui rápido e fundo, até nosso limite. Eu estava revivendo depois de anos em uma vida sem graça. O quarto era puro fogo, e Lua era a maestra de todo esse caos.

SAÍ DO BANHEIRO E LUA ESTAVA SILENCIOSA, SE VESTINDO, INTRI-gada. Eu tinha saciado meu desejo e devia fazer o que sempre faço: dizer até logo e seguir em frente. Mas com ela tinha algo a mais. Algo que não soube explicar. Enquanto possuía seu corpo nu e suado em meus braços, senti-me vivo outra vez e não havia raiva nem dor no meu peito naqueles minutos que passamos entregues ao prazer. Em anos, Lua foi a melhor distração para os demônios da minha alma.

Repentinamente, me dei conta de que ainda não tinha me cansado totalmente. Como uma dose de morfina que abranda a dor e se torna a melhor aliada contra aquela sensação ruim.

Eu queria Lua mais um pouco; e essa confirmação me deixou de cabelos em pé. Mas que merda...

— O que acha de tomar algo amanhã, durante a ceia? — perguntei e me incriminei assim que fechei a boca. Eu estava convidando-a para sair? Ainda sob o efeito da loucura do sexo, provavelmente.

Lua, sentada na cama calçando as botas, parou e me olhou. Meu coração saltou com o simples movimento que ela fez de tirar a cabeleira ruiva do rosto. Ah, meu pai! Eu estava bem ferrado. Estava muito atraído por uma estranha que não tinha onde cair morta.

— Se não quiser...

— Eu não posso. — No seu olhar, um pedido de desculpas.

— Tudo bem, faça o que quiser. Não vou insistir. — Virei-me de costas, vestindo a calça. Eu nunca tinha recebido uma recusa e, de certa forma, doía bem no ego.

— River... Não quero prolongar isso pois estou noiva. — Por estar com apenas uma perna na calça, quase cai ao me virar abruptamente. Lua inspirou e seu olhar carregado me atingiu. — E... bom, não tenho orgulho em dizer isso, mas te usei como minha despedida de solteira.

— Ah...

Que grande destino filho da mãe. Ela tinha outro, era comprometida e não era fiel. Como minha mãe, como Madalena...

— Espero que não fique...

— Eu não farei nada. Você é a comprometida aqui e não se deu ao respeito e muito menos respeitou seu parceiro. — Peguei minha carteira, tirei algumas notas e as coloquei sobre a cama ainda desfeita pelo nosso encontro torrencial. — Pague um táxi de volta e esqueça essa noite.

— Eu não quero seu dinheiro, você não pode me tratar como uma...

— Como a mulher que você é. — Cortei a conversa, peguei meu moletom e saí do quarto, sem olhar para trás.

Eu estava puto de raiva. Desejei uma mulher baixa, daquelas que eu mais repudiava. Foi um sexo bom, mas que jamais deixarei meu corpo recordar.

3
AMARGA CEIA

TIVE UMA NOITE PÉSSIMA. MINHA RACIONALIDADE ME CULPAVA por ter dispensado Jane e saído em uma noite chuvosa. Se tivesse ficado e jantado com uma mulher solteira, que havia escolhido meticulosamente, não teria essa sensação ruim como companheira.

A mesma sensação quando Madalena...

Com o braço, varri as taças e os copos do bar em minha casa e encarei minha expressão furiosa no espelho. Em minha mente, Madalena parecia rir insolentemente da minha desventura.

Era como se eu tivesse transado com ela. Lua era como a própria Madalena reencarnada de forma irônica. Uma mulher baixa, que traía seu companheiro enquanto ele a esperava inocentemente. Enfim, consegui dormir um pouco às quatro da manhã. Já totalmente bêbado e rígido pelo estresse.

———•———

APÓS PEGAR PESADO EM ALGUNS EXERCÍCIOS FÍSICOS LOGO PELA manhã, na tentativa de diminuir a tensão, tomei uma ducha e fui para a cozinha de roupão. Enquanto batia no liquidificador frutas com leite para o desjejum, fui avisado pelo monitor de que havia uma ligação.

"Chamada de William Ventura."

Era meu pai. Ignorei o alerta e voltei a atenção à minha vitamina. Recostado no balcão, assistindo ao noticiário da manhã, bebi no copo do liquidificador mesmo. Até ser interrompido novamente.

"Mensagem de voz de William Ventura. Deseja ouvir?", avisou o painel.

— Droga! — grunhi e toquei em prosseguir. O áudio começou.

"Luke, já que se recusa até mesmo a me ouvir, venha à minha casa hoje para a ceia de Natal e me diga seus argumentos, me convença de que estou errado. Por quanto tempo iremos ficar assim, nos portando como desafetos, coisa que não somos? Retorne-me, filho. Espero sua ligação ou visita à noite."

Uma boa isca para um homem implacável como eu. Ele estava me desafiando, sabendo que eu não corria de desafios. Gargalhei e joguei o copo do liquidificador na pia.

Eu tinha merdas demais para dar conta, e uma briga com meu pai era um extra não bem-vindo. Apesar de ter ficado tentado a aparecer por lá e acabar de uma vez por todas com aquela palhaçada que ele chamava de casamento.

Em meu escritório, ainda em minha casa, desejei "Feliz Natal" a alguns clientes importantes que eu buscava parceria. Era uma forma de atraí-los, mostrando que me importava com eles. Quando, na verdade, era um saco ter que seguir a lista preparada por Bernadete e ligar para cada um com felicitações de boas festas. Quando terminei, havia uma ligação de Murilo; retornei-a de imediato.

— Oi, Luke.

— Novidades? — esperançoso, indaguei.

— Nada ainda sobre o que você me pediu, amigo. Estou buscando sobre a noiva de seu pai.

— Certo. Qualquer coisa, entre em contato.

— Decidiu se vai à confraternização dele?

— Não.

— Luke...

— Nem comece. — Fiquei de pé e andei pelo escritório, flexionando os dedos contra uma bolinha ortopédica. — Sabe que odeio quando tentam me fazer mudar de ideia.

— Ok. Mas seria uma forma certeira de você conhecer sua futura madrasta, já que ainda não encontrei nada.

— Acha que irei preso se quebrar o nariz do meu pai?

— Natal é uma época que enche a delegacia. Não será novidade. Deixe o dinheiro da fiança pronto.

Ele me fez rir, recostei o quadril na minha mesa. Olhei os quadros na parede com fotos de meus momentos de glória. Em todos, sozinho. Não havia uma foto que meu pai ou mãe estivessem presentes. Mesmo que estivessem em determinado evento, não escolhi foto com eles para estampar minha parede.

— Vou pensar. Até mais, Murilo.

Jamais me culpei por essa distância com eles. Não podia me culpar quando os adultos naquela ocasião erraram e continuam errando. Desculpe, escrituras sagradas, eu não pude honrar pai e mãe, eles não me deram motivos.

ESPEREI O PONTEIRO DO RELÓGIO CHEGAR ÀS DEZ E MEIA DA noite. Sentado ali, sozinho no cemitério, tendo como companhia uma garrafa de Grey Goose, como sempre fazia em datas especiais. Fiquei de pé, degustando a breve tontura causada pela vodca. Massageei os olhos e saí dali decidido: participaria da ceia do meu pai. O álcool geralmente me dava esses impulsos.

Antes, ainda no carro, ajeitei os cabelos e a gravata. Não estava bêbado, precisava de muito mais do que uns goles para me derrubar.

E provei que estava mesmo sóbrio ao entrar pelos grandes portões da casa do meu pai, estacionei com cuidado atrás de um belo Mercedes e desci do carro sem o menor problema.

Bati à porta, sendo recebido por uma funcionária da casa e conduzido ao salão principal, onde havia um bocado de gente bem arrumada, sorrindo e esbanjando fingimento. Meu pai não tinha parentes a não ser eu, mas era rodeado de pessoas que eu desprezava.

Ele me viu de longe, pediu licença a um grupo de pessoas e veio em minha direção. Estava radiante e não era fingimento.

— Meu Deus! Você veio. — Abraçou-me. Meus braços caídos contra o corpo, sem qualquer ânimo. Todavia, depois de perceber que estava sendo observado pelas pessoas, decidi retribuir o abraço, meio sem jeito.

— Oi, doutor Ventura — falei.

— Andou bebendo, Luke?

Para ter coragem de vir aqui? Sim.

— Não finja que se preocupa. — Olhei em volta, procurando indícios da futura senhora Ventura.

Aquela casa me despertava gostosas memórias afetivas, e eu havia me esquecido de como era bom senti-las. Espiei a escada e pude me ver ainda criança, descendo para encontrar Beatriz logo ali, na cozinha. Uma época em que eu ainda a via como mãe.

— Sei que estive distante, mas você impôs isso entre a gente. — Meu pai me acusou, atraindo minha atenção, eu o fitei.

— Talvez não queira compactuar com várias das suas escolhas estúpidas. Não acho que seja o momento de relembrar, mas perdi meu pai quando aquela... quando Beatriz nos abandonou.

Tocar no nome da minha maldita mãe não era algo bom para ele. E deixou isso explícito no semblante carregado de repente.

— Você tem razão, não é o momento de relembrar. Será que posso apenas aproveitar a companhia do meu filho em plena véspera de Natal?

Soprei profundamente, desistindo de manter a pose de estraga-prazeres. Assenti, concordando com ele.

— Onde ela está?

Meu pai sabia a quem eu me referia e deixou um sorriso iluminar seu rosto.

— Já está descendo. Íamos sentar à mesa para a ceia. Venha, sente-se ao meu lado.

Eu o acompanhei, cumprimentei alguns conhecidos e pessoas a quem meu pai fez questão de me apresentar. Aos poucos, a mesa foi enchendo. Conversas e risos tomaram conta da grande sala de jantar. Meu pai sempre foi muito carente e construiu essa casa pensando em receber visitas. Depois, ficou mais sozinho ainda, quando me jogou em um internato.

— Assim que minha noiva descer, pedirei a todos um brinde ao meu filho, que está presente nesta noite — ele falou, como se de fato se orgulhasse; coisa que eu duvidava. Mantive meu semblante sério.

— Um amigo me perguntou que diabo de nome é "Luke" — meu pai continuou, tagarelando para uma plateia que sorria como se eu fosse o melhor amigo deles. — Era o ano de oitenta e três, estava chegando um novo Star Wars e eu era fã número um. Luke Skywalker era meu herói.

— O filho do Vader? — alguém gritou.

— Exato. A famosa cena do *Eu sou seu pai* não saía da minha cabeça. Quando meu bebê nasceu, Luke foi o nome escolhido.

Já analisei várias vezes com cuidado todos os aspectos que me ligava ao filme de que meu pai gostava. Um pai que passa tanto tempo ignorando o filho, para tentar aproximação em um momento que é tarde demais. Assim como Skywalker e Vader éramos meu pai e eu.

— Escapei de ser nomeado de Han Solo ou Chewbacca. — Risadas tomaram a mesa, até meu pai riu, me fitando. — A diferença... — falei alto. — É que, no caso, o lado sombrio da força está comigo, e não com meu velho pai.

Gargalhadas sucederam minha fala, mas eu não ri. Eu estava catatônico, cheio de horror ao ver quem entrava no ambiente. Só me dei conta de que tinha levantado da mesa quando meu pai tocou meu braço.

— Filho, quero que conheça Lua Maria, minha noiva.

4

EU, MADRASTA

LUA

SEIS MESES ANTES

— ELE SE CHAMA LUKE VENTURA. É UM PLAYBOY RICAÇO QUE constrói navios e outras merdas. — O homem alto, acima do peso, mal-encarado e que se apresentou como Calabresa, jogou uma revista na minha frente, fazendo-me afastar de susto. — Segundo essa tal de Forbes, Luke entrou para a lista dos mais ricos do mundo. É quase impossível se aproximar dele sem que ele permita.

Peguei a revista e olhei com atenção o homem na capa. Era o mesmo da foto que Damião havia me dado. Aquela foto que passei as últimas noites admirando, mirando os olhos do homem.

Na revista, ele estava ainda mais bonito. Vestindo um terno preto, sentado em uma poltrona, parecia sorrir para mim. Era lindo seu sorriso, mas não só lindo, como também cheio de promessas eróticas. Aquele olhar que fazia qualquer mulher o desejar, e ele sabia que tinha esse poder. Quantos metros aquele homem tinha? Observei-o, estática. Poderia ser confundido com um jogador de basquete.

— Ele colocou Damião atrás das grades? — perguntei ao mal-encarado, o tal Calabresa. Outros capangas de Damião estavam em volta, apenas me mantendo apreensiva.

— Exatamente. Pelo que estudamos, é muito difícil se aproximar desse cara. Tem trinta e cinco anos, já foi casado, mas nunca mais namorou sério; costuma sair com mulheres diversas, apesar de optar sempre por discrição.

— O bom de ser rico — um outro capanga opinou.

No caso dele, não era apenas a riqueza. Luke era mesmo muito atraente. Mantive esse pensamento apenas para mim.

— Talvez eu o seduza e...

— Impossível. Você é gostosa, com todo respeito, mas não faz o tipo dele, que escolhe as parceiras, nunca o contrário. E, geralmente, todas são loiras. E quando as escolhe não fica mais que uma noite.

— O que querem que eu faça com ele? — Elevei meu timbre de voz junto com minha tensão. — Não vou matar ninguém, já disse isso a Damião.

— Não precisa sujar as mãozinhas de princesa — ele zombou. —Vai apenas preparar o terreno para a gente entrar. Você precisa se envolver na vida de Luke, deixá-lo confiar em você e, um dia, chamar a gente para completar o serviço. Damião não quer apenas a morte dele, quer tudo que conseguir arrancar do cara.

Meu bom Jesus.

Fiquei de pé. Não queria fazer isso com um homem inocente nem com ninguém. Com a mão na boca, assustada, me afastei.

— Eu não posso... isso é cruel! É ilegal.

—Trabalha na ONU agora? — ironizou.— Damião mandou, porra!

— Dane-se Damião. Não irei matar nem ajudar a matar uma pessoa inocente. — Peguei a bolsa para sair, mas ele estendeu um celular na minha cara. Havia um vídeo ali.

— Talvez isso te faça mudar de ideia.

O vídeo começou. Era meu irmão, preso em um quarto pequeno, sentado em um colchão velho no chão. Uma lágrima desceu sem pressa do meu olho. Limpei-a e encarei o homem.

— E como irei fazer isso?

— Boa garota. — Ele riu e os outros acompanharam. — Há um elo fraco para você se aproximar de Luke.

Intrigada, encarei o homem, esperando mais detalhes.

— Aqui. — O mal-encarado jogou uma foto de um senhor. Peguei-a. Era um homem de aproximadamente sessenta anos, ainda bem conservado. Tinha os olhos de Luke.

— É o pai dele? — questionei.

— Exatamente. Esse velhote é solitário e muito carente. Já se casou várias vezes. E você será a nova pretendente dele.

———•———

QUANDO ABRI A PORTA E ENTREI EM CASA, DESABEI RECOSTADA ali. A pequena sala à minha frente parecia um lembrete cruel me mostrando que eu não era ninguém nesse jogo; tanto para Damião quanto para o ricaço, Luke. Sentei-me no chão e, em um gesto tenso, penteei os cabelos com os dedos, jogando-os para trás.

Mãe morta, pai preso, meio-irmão desaparecido. Um emprego mediano em um hospital e pilhas de contas para pagar. Eu estava de mãos atadas, só queria a chance de recomeçar com meu irmão. Mas, para isso, tinha que cumprir essa última missão de Damião.

Acabei chorando. Por tudo isso e por Rafael, que estava sozinho, amedrontado, traumatizado. Damião estava maltratando o próprio filho.

Depois de tomar um banho frio, sentei-me com a foto de Luke na mão. Era estranho analisá-lo. De alguma forma, profundo e relaxante. Era como se eu pudesse me conectar com a foto, com aqueles olhos que pareciam esconder um mundo inteiro pronto para ser desbravado. E, de repente, ele me parecia tão familiar...

— Desculpe — sussurrei para a foto. — Eu não quero te ferir... mas meu irmão... vale muito para mim.

———•———

VÉSPERA DE NATAL

DEI UMA ÚLTIMA OLHADA NO PEQUENO APARTAMENTO QUE ALU-
guei nos últimos meses, pagando com o salário de recepcionista em um hospital. Era quase uma quitinete, porém tinha dois quartos. O de Rafael, que ele jamais usou, estava lá, intacto. Fechei a porta, ajeitei minha fantasia de Mamãe Noel e desci as escadas.

Seis meses se passaram e Damião tinha conseguido encaixar cada peça para eu me infiltrar na vida do doutor Ventura. A aproximação com ele tinha sido fácil. William Ventura era mesmo muito carente e bastou que a nova recepcionista do hospital lhe desse "bom dia" de um jeito diferente para ele se entregar. Eu estava naquele emprego justamente para fisgá-lo. Entretanto, até esqueci o plano maquiavélico de Damião. Era fácil gostar de Will; ele era gentil, me ouvia e me tratava tão bem como ninguém jamais tratou em minha pobre vida.

A amizade dele era verdadeira, gerando confiança. Subitamente, eu queria lutar por ele e não deixar ninguém fazer mal àquele bom médico que era solitário e tinha feridas incuráveis na alma. Ele mal falava do filho e, quando falava, havia tristeza no olhar.

Eu não ia mais seguir o plano de Damião. Teria que existir outra forma de resgatar meu irmão. Não poderia machucar meu novo amigo, William. Peguei um ônibus, observando as nuvens se formarem depressa, indicando que choveria. Eu estava indo animar uma creche em outro bairro. Apenas um bico que umas amigas enfermeiras arrumaram para mim, já que preciso pagar as contas.

Na ceia de Natal, eu contaria tudo a William. Sobre Rafael, sobre Damião e sobre o plano de me envolver com ele só para me aproximar de Luke — o filho que jamais encontrei pessoalmente. Mas o destino pareceu tecer outros planos. Algo bem malicioso e conveniente.

Às oito da noite, eu estava no bar, toda molhada, sem dinheiro para comer algo, com o celular molhado e a cabeça a mil por hora. Milhares de pensamentos, a maioria perversos.

Então, o vi. Não o reconheci de imediato. Só quando o fitei soube que aquele ao meu lado no bar era meu alvo. Era o cara que eu tinha que me aproximar e entregar de bandeja para Damião. Seria tão mais fácil sem precisar envolver Will...

E o capanga de Damião estava errado. O ricaço estava bem interessado em mim. E eu não ia deixar passar essa oportunidade. Seduziria Luke, teria ele nas mãos e romperia com Will, preservando-o daquele plano cruel.

E foi o melhor sexo de toda a minha vida, já que não foram muitos. Luke me fez sentir desejada, poderosa, muito sexy. Uma mulher capaz de tudo.

Eu me entreguei, me deleitei em seus braços. Me deliciei com cada beijo e debulhei-me em paixão naquela cama. Nossos corpos grudados e suados jamais seria esquecido por mim.

Mas ele me odiou no fim da noite.

Burra, burra, burra.

Meu excesso de sinceridade me prejudicou. Por que eu fui contar para ele que estava noiva? E quando ele soubesse de quem estava noiva? Eu vi a bomba em minhas mãos prestes a explodir. E recuei feito uma covarde.

NOITE DA CEIA DE NATAL

EU HAVIA MENCIONADO COMO LUKE ERA EXCITANTE? COM TRAÇOS fortes e másculos, fazendo conjunto a um corpo alto e poderoso. Ele, com certeza, não se esforçava muito para ter quem quisesse. O mais interessante era o modo como ele olhava, os olhos cinzas que aprisionavam qualquer desavisada.

Aquele olhar com forte poder de desnudar. Era uma expressão quase letal.

E eu tinha estado nua em seus braços, arranhando seus músculos e mordendo seu ombro enquanto me satisfazia do prazer que ele sabia dar.

Flagrei-me prendendo a respiração enquanto andava sob os saltos até a mesa de jantar repleta de convidados. William sorria, orgulhoso, e Luke estava atônito, completamente pálido. Ele faria um escândalo? Exporia minha infidelidade aqui, diante de todos, e acabaria com meu plano?

Eu poderia ter fugido dali, simplesmente evaporado no ar. Mas e o meu irmão? Eu devia chegar até as últimas consequências para mostrar que eu tentei. Se fosse para cair, tinha que mostrar ao meu pai que caí lutando.

— Oi, Luke. — Cravei meus olhos nos dele e estendi minha mão. Os segundos se passaram como uma bela eternidade regada a suspense; eu não tinha ideia de qual seria a reação dele e torcia para que não expusesse tudo na frente de todos.

Quando ele levantou a mão e apertou a minha, deixei um peso equivalente a uma bigorna escapar dos meus pulmões. Eu não estava livre da fúria de Luke, podia vê-la no olhar, mas minha destruição não seria em público. Sentei-me à mesa, bem em frente a Luke. O constrangimento era insuportável.

— Lua, minha querida, eu só estava esperando você chegar para participar de um brinde — William falou, alegre.

— Um brinde?

— Ao Luke, por estar conosco nesta noite.

Ótimo. Que vexame.

Trêmula, esperei o vinho ser servido em minha taça e a peguei. Will puxou o brinde:

— A todas as famílias aqui presentes, meus amigos, meu filho — apontou a taça pra Luke — e minha noiva. — Trouxe a taça em minha direção. — Que essa confraternização esteja sempre em nossos corações e que outras possam se repetir. Um brinde.

Todos na mesa levantaram suas taças. Eu ergui a minha e choquei-me com o olhar paralisado e letal de Luke em minha direção. Abaixei os olhos evitando um confronto silencioso e beberiquei o vinho.

O jantar foi servido e o som dos talheres se misturou à conversa ao redor da mesa. Limpei os lábios, um tanto incomodada, e levantei o rosto sabendo que ia encontrar Luke me dissecando com seus olhos acinzentados, como o metal da ponta de uma lança. E ele, de fato, estava.

— Sabe o que está faltando nesta ceia? — Luke me assustou, levantando a voz. Toda a atenção estava nele. — Um Papai Noel. — Olhou para mim. — Ou uma Mamãe Noel.

As pessoas riram, incluindo William, que não fazia ideia do que ele falava. Apertei meus punhos repentinamente, indignada com o joguinho de Luke.

— Filho, não há criança aqui — William retrucou, rindo.

— Ah, pai, eu entendo o senhor, mas eu adoraria receber um presente das mãos de uma Mamãe Noel. — Novamente, me fuzilou com o olhar. Gargalhadas explodiram pela mesa junto com as lembranças da noite anterior, quando deixei Luke arrancar minha fantasia e eu arranquei a roupa dele, beijando cada parte de seu corpo.

— Qual sua profissão, Lua? — Ele me pegou de surpresa, perguntando de modo informal. — Tirando o fato de ser a futura senhora Ventura.

Will girou o pescoço rapidamente e o atingiu com um olhar repreensor.

— Desculpe, pai. As suas mulheres não parecem ter uma profissão definida depois que se casam. — Voltou a me encarar, com o cinismo dançando no olhar. — Posso dizer o mesmo de você, Lua?

Era impressionante como ele regia o jantar. Todos à mesa me olhando, acompanhando o que Luke perguntou.

— Ah... eu fazia faculdade. — Coloquei algumas mechas de cabelo atrás da orelha. — Agora sou recepcionista no hospital...

— Ah! — Luke exclamou com um falso sorriso. — Como não pensei nisso antes? Deixe-me adivinhar, vocês se conheceram lá?
— Sim.
— Um belo conto de fadas, não? — Ele tripudiou, ignorando o olhar de Will. — A recepcionista que se apaixona pelo cirurgião.
— Luke... Você está percorrendo o limite do aceitável — William alertou, sem querer dar chance ao filho de fazer espetáculo. — Lua e eu temos uma ligação mais profunda do que é capaz de imaginar.
— Eu imagino, pai. Uma ligação emocionante, consigo ver nos olhos dela, como ama o senhor e como está ansiosa para ser dona desse lar.

Ele estava debochando. Ignorei-o e olhei gentilmente para Will.
— O jantar está delicioso.
— Que bom que gostou, amor. — William inclinou-se em minha direção e plantou um beijo em meus lábios. Quando arrumei o corpo na cadeira, Luke tinha ódio vivo nos olhos.

Eu não passava de uma golpista na opinião implícita de Luke. E, de certa forma, não deixava de ser verdade, já que eu fui obrigada a me associar a um bandido. O que Luke não sabia é que meu alvo nunca tinha sido o pai dele, mas ele próprio.

———•———

EU ODIAVA ESTAR ENTRE OS AMIGOS DE WILLIAM, PORQUE ERA visível o que eles pensavam sobre mim; o mesmo que Luke. Só tinham compostura o suficiente para não dizer abertamente. Eu sempre estava avulsa nos grupinhos de médicos, que falavam sobre assuntos de uma classe de pessoas em que eu não me incluía.

Afastei-me das pessoas sem que elas percebessem e saí por uma porta lateral, que dava para uma bela vista do jardim iluminado. Encarei o céu estrelado e senti uma onda de tristeza me tomar. Sentia tanta saudade de meu irmão; às vezes, era sufocante. O pior era não ter conseguido protegê-lo quando mais precisou. Eu era sua única família e não pude lhe dar segurança e, por isso, tinha que ceder às chantagens de Damião. Eu tinha que continuar nesse plano nefasto contra Luke.

— Sabe que fiquei com pena do coitado do seu noivo quando me contou ontem? — Virei-me bruscamente e encontrei Luke a passos de distância de mim. Ele parecia tão mais alto e ameaçador do que ontem no motel. Engoli em seco. — Meu pai? Sério que você é tão baixa a ponto de foder comigo estando noiva do meu pai?

— Me deixe passar. — Dei um passo na tentativa de escapar, mas ele postou-se na minha frente.

— Eu já lidei com golpistas, mas você me surpreendeu, pequena Lua. O seu sadismo de jogar com pai e filho me impressiona.

— Você não sabe um terço da minha vida. Eu não tive intenção de criar intriga. Eu só... quis uma despedida de solteira.

— Certo. Tem o direito da defesa. Só não sei se acredito.

— Não me interessa se você acredita ou não.

— Vou te propor algo. — Era estranho como ele ainda falava em tom frio e baixo. Seus olhos implacáveis me fazendo arrepiar.

— Não negociarei, Luke. — Minha fala saiu sem um pingo de credibilidade.

— Sim, negociará. Vai deixar meu pai em paz e ser minha amante. Você quer dinheiro, eu tenho mais que ele.

— O... o quê?

— Não se faça de desentendida. Tivemos uma noite boa ontem. Você será exclusivamente minha, nunca mais olhará para meu pai e, no fim de tudo, te darei uma boa quantia e te deixarei rouca de tanto gritar no meu quarto. — Ele estava perto o suficiente para tocar nos meus cabelos e afastar uma mecha do meu rosto. — É o que você busca.

Não era possível. Ele estava se entregando de bandeja para mim? Luke Ventura, o alvo de Damião, estaria nas minhas mãos tão fácil? Eu quase podia comemorar e dizer um sonoro "sim" para ele. Mas havia algo tão maior que esse desejo, e eu praguejei por ser tão grande: meu orgulho.

Meu orgulho falou mais alto, e estava unido com fúria.

— Você é tão baixo. — Foi o que eu respondi. — Está propondo que a noiva do seu pai... Quem pensa que eu sou?

— Alguém que transou comigo mesmo sendo noiva do meu pai? É o que penso.

— Você não diz o que devo fazer, Luke.

Segurou meu braço com força.

— Está enganada se acha que esse é um golpe perfeito. Tudo que é dele, fica para mim. Você não tem direito a nada e eu moverei céus e Terra para reduzir o custo de vida do meu pai. Você não vai desfrutar de um centavo do que é dele. Sua tratante...

Vi William vindo em nossa direção. Aproximei meu rosto para perto do de Luke. Ele era alto, mas com o salto alto eu ficava em um patamar perfeito para fitar seus olhos.

— Você não me conhece — arfei. — Eu luto por sobrevivência, não recebo nada de mão beijada. Queria uma vilã, pois está aqui a vilã colocando pai contra filho. — Ele arregalou os olhos, mas não teve oportunidade de se proteger. — Me largue! — gritei, justamente para William ouvir.

— Luke. O que está fazendo? Largue-a.

— Will, ele está louco. Tentou flertar comigo e até fez propostas, mas, como eu não quis, ele está me ameaçando — contei tudo, de uma forma dramática. Luke parecia já esperar, pois seu semblante carregado me analisava.

— Mais perigosa do que pensei — Luke sussurrou, ainda me estudando.

— Luke, saia da minha casa! Agora. — William falou alto.

— Sua escolha é me expulsar da sua casa?

— Sim, você me ouviu. Retire-se, você passou de todos os limites.

Luke assentiu, como se o fato de o pai o expulsar não fosse nada de mais, me olhou por um último segundo, virou-se e andou despreocupadamente para dentro da casa, com seu porte elegante e prepotente, entre os convidados.

Ele vai me moer. Vai acabar com minha vida.

Eu, totalmente perdida, acabava de dar um tiro no pé. Damião queria Luke, e eu afastara qualquer possibilidade de atraí-lo e confiar em mim.

5

INTERVENÇÃO

LUKE

POR DESCUIDO DE MILÉSIMOS DE SEGUNDOS, LEVEI UM SOCO no rosto, mas isso não me parou. Segui defendendo-me e revidando aos ataques do meu oponente, que estava mais centrado que eu. O instrutor estava lavado de suor, assim como eu. Completava-se uma hora e meia nesse embate, de que eu necessitava para me relaxar. O muay thai me relaxava mais que uma dose de álcool.

— Senhor Luke. — Ouvi uma voz feminina chamar meu nome, me distraí e fui nocauteado por Fred. Imediatamente, ele me deu a mão para ajudar. Fiquei de pé, levemente tonto.

— Tudo bem? — Bateu no meu ombro.

— Tudo certo. — Tranquilizei Fred e olhei para uma funcionária segurando uma bandeja com um celular em cima.

— Como o senhor pediu, só te interromper caso fosse o doutor Murilo.

Arranquei as luvas, joguei-as para Fred e ele as aparou.

— Marcar um novo treino antes do réveillon, Luke?

— Pode ser. Me ligue antes. Até mais, Fred.

Peguei o celular na bandeja e andei para o pequeno vestiário para atender.

— Diga, Murilo. O que descobriu?

— Luke, a garota é totalmente lisa. Não há nada de relevante. — Ouvi o som de papéis sendo folheados e ele continuou: — Cursou ensino médio em escola pública, começou a faculdade...

Irritado e impaciente, andando de um lado para o outro, decidi interromper Murilo.

— Não quero saber isso. Existe algo que eu possa usar contra ela e fazer meu pai abrir os olhos?

— Não. Sinto muito.

— Mas que merda. — Segurei a vontade de chutar o armário.

— Ela tem um irmão menor de idade que está sob a guarda do pai, que também é pai de Lua. E ele está preso.

— Preso? — Meus olhos saltaram.

— Sim. Estelionato, formação de quadrilha, tráfico...

— Sério? E aí? O que podemos fazer?

— Nem fique animado. Averiguei e parece que ela não tem contato com esse cara e, pelo que conversei com o advogado do seu pai, o velho William tem conhecimento sobre o pai bandido.

Maldição!

— E o que eu posso fazer contra ele?

— Contra quem?

— Meu pai.

— Luke...

Estranhamente, eu estava arfando, e não era pelo esforço físico recente.

— Não te pedi conselhos de ética e moral. No âmbito jurídico, o que eu posso fazer para travar meu pai?

— Luke, não sou especializado em golpes. Sei lá, pode forçar ele a se afastar das cirurgias e depois alegar depressão forte ou risco à própria vida, pedindo uma interdição, trancando assim os bens dele. Mas isso seria bem mau-caratismo contra seu pai.

— Como posso afastá-lo do hospital?

Merda. Eu não estava cogitando isso. Era apenas curiosidade.

— Se você fizer uma denúncia de que ele está tendo crises de mãos trêmulas por consequência de nervosismo... Ninguém vai confiar em um cirurgião trêmulo. Plante nas coisas dele remédios de estresse. Então, o conselho de medicina irá afastá-lo até averiguar a situação. Mas pense com cuidado. É a carreira dele. É a vida dele. Não a coloque acima de seu ego.

— Obrigado pelos conselhos, Murilo. Qualquer coisa, me ligue. — Desliguei a chamada, estarrecido, e sentei-me no banco de madeira, pensando se essa seria uma saída plausível.

Eu seria mesmo capaz de levantar uma guerra contra meu pai só para tentar atingir aquela pilantra? E se fizer tudo isso e ela ainda continuar com ele? Será tudo em vão.

Arranquei o calção e entrei no chuveiro do vestiário privativo. Tinha que voltar ao trabalho. A minha movimentada agenda não esperava. Enquanto isso, pensava em um plano B. Deixaria o ataque ao meu pai como última opção.

OS DIAS PASSARAM COMO UM VENDAVAL, VARRIA TUDO À MINHA volta sem que eu pudesse me agarrar a uma solução segura para meu dilema. Aproximava-se a data do casamento do meu pai, triplicando minha insônia e mau-humor. Eu bebia mais que o normal, perdendo assim o controle de mim mesmo e deixando meus negócios de lado, tendo dificuldade em manter minha postura de empresário de sucesso. Não estava aparando a barba, caminhava pela casa durante a madrugada e intensificava minhas visitas ao cemitério.

Lua tomava cada segundo de meus pensamentos e pesadelos. E o pior é que ela sempre estava no âmbito "desejo".

Eu poderia arriscar até as últimas consequências ou cruzar os braços e apenas observar. Na verdade, a pergunta certa que eu deveria me fazer era: Luke Ventura era homem de sentar e esperar?

Brincando com um anel entre os dedos, sentado em minha cadeira na sala da presidência, permiti que minha mente mostrasse flashes eróticos da minha noite no motel com Lua, a noiva do meu pai.

Droga! Tinha sido muito bom. Tinha sido delicioso. E tudo o que me restou foram culpa e raiva.

Depois de muito relutar, engoli o álcool com rancor, peguei o celular e digitei o número de meu pai. Era o momento de dar oportunidade de diálogo, antes da guerra. Ele sempre atendia rápido quando não estava ocupado em alguma cirurgia ou consulta.

— Luke.

— Pode me encontrar? — Fui curto e grosso.

— Saio às seis — respondeu, sem explicitar qualquer emoção.

— Ótimo. Te esperarei. — Desliguei, deixando o aparelho cair sobre a mesa. Tinha chegado o momento da negociação. Era o momento de meu pai escolher entre o filho ou a noiva golpista.

───•───

CHEGUEI AO ENCONTRO UMA HORA ANTES, O QUE ERA RARO, já que eram as pessoas que costumavam me esperar, nunca o contrário. Eu parecia mesmo um maldito ferrado. Minha camisa estava amassada, cheirava a álcool, e os cabelos estavam há uns cinco dias sem contato com pente. Em uma mesa na lanchonete do hospital, eu olhava compenetrado o cappuccino à minha frente, como se ele pudesse dar-me uma resposta.

— Você está um lixo. — Ouvi a voz e levantei o rosto.

Diante de mim, estava meu pai. Tinha me esquecido de como gostava de vê-lo uniformizado. Lembro-me de ser criança e meus olhos brilharem ao vê-lo com o estetoscópio no pescoço. Murilo tinha razão, a profissão era a vida dele. Foi a medicina que o segurou quando Beatriz nos abandonou, e foi apenas a profissão que meu pai amou cegamente, deixando-me de lado.

Observei ele colocar o jaleco e a maleta em uma cadeira e sentar-se em minha frente. Rapidamente, uma garçonete de sorriso simpático apareceu, mostrando já conhecer meu pai.

— Vai tomar algo, doutor William?

— Não, obrigado.

Ela assentiu e saiu. Meu pai me encarou.

— Como tem passado, Luke?

Recostado na cadeira, de braços cruzados, eu apenas o fitava.

— Proponha a ela separação total de bens, faça-a assinar um contrato pré-nupcial e então saberá se ela gosta mesmo de você ou do seu dinheiro.

— Ah, pelo amor de Deus, Luke. — Bateu a mão na mesa e seu semblante tornou-se pesado. — Me chamou aqui para implicar com a Lua? Nem mesmo me cumprimentou ou perguntou como passei esses dias, nem se deu o trabalho de se desculpar. Que espécie de homem vazio e frígido está se tornando?

Ótimo. Um sermão. E ele era ótimo nisso.

— Não me tenha como seu inimigo, pai. Eu não sou.

— Mas é o que está parecendo. Não basta o que você já tentou fazer debaixo do meu nariz, na ceia?

— Eu transei com ela. — Curvei para frente, ficando mais perto do meu pai. — Eu a conheço. Por favor, doutor William, não deixe mais uma golpista acabar com o resto de sua dignidade.

Meu pai estava imóvel e pálido.

— Você transou...

— Nos encontramos em um bar, antes de conhecê-la como sua noiva. Mas, certamente, a santa Lua já sabia quem era aquele cara que estava na cama com ela. O seu filho.

— Você está mentindo.

— Estou? Por que não pergunta a ela e veja a resposta nos olhos?

Ele manteve a cabeça baixa e respirava rápido. Esperei impacientemente uma reação do meu pai. Mesmo sabendo que ele jamais daria o que eu queria. E, quando levantou os olhos para mim, soube que ele tinha mesmo me colocado como vilão.

— Será que está disposto a tudo para afastar a felicidade da minha vida? — indagou. — Você me odeia tanto assim?

— Ódio? — Gargalhei. — Odiar é tão forte, doutor. Por que eu sentiria uma emoção assim por alguém que pouco me presa?

— Pouco te presa, Luke? Olha a merda que está falando para mim! — Ele berrava. — Tudo o que fiz, desde que a vagabunda da sua mãe me apunhalou, foi viver para você. Tudo foi por você.

— É um trabalho árduo, reconheço. Jogar o filho adolescente em um internato, pegá-lo com dezessete anos e enfiá-lo em uma faculdade. — Bati palmas, sorrindo de puro deboche. — É o pai do ano.

— Por que ela? Por que a Lua? As minhas outras mulheres você apenas ignora, nem se dá ao trabalho de ir ao casamento. Mas essa...

— Talvez isso já seja uma resposta. Olha o que ela está fazendo com o último e frágil laço que nos ligava. Você a está escolhendo.

— Eu não preciso escolher entre ela e você. Você precisa superar o que a Madalena fez...

— Não! — berrei e fiquei de pé. — Não entre neste assunto. A única coisa que estou te pedindo em anos; faça aquela mulher assinar um contrato. Não a deixe colocar as mãos nos seus bens.

Calmamente, meu pai também se levantou e pegou o jaleco. Em seus olhos, o rancor brilhou.

— A arrogância é prelúdio da ruína, Luke. Dia cinco teremos apenas uma recepção para amigos. — Ele levantou a mão esquerda e uma aliança brilhou. — Lua e eu já nos casamos ontem. Ela é minha esposa e exijo respeito.

Estagnado e pego de surpresa, observei ele se afastar.

6

FIM DE JOGO

LUA

EU NÃO ESTAVA NEM UM POUCO EUFÓRICA COM A PRIMEIRA VIA-gem romântica com William depois do casamento. Seria possível construir algo sólido quando se tinham mentiras como base? Nem preciso de uma resposta, pois sabia que não. Mesmo assim, tentei transparecer estar maravilhada com o destino escolhido, uma praia que não ficava muito longe. Fizemos reserva em um hotel de frente para o mar, onde assistiríamos à queima de fogos na virada do ano.

Notei, intrigada, que William não estava tão animado como antes, mas, sim, pensativo e calado durante todo o percurso de casa até o hotel. E ele nunca tinha sido tão apático. Ainda assim, tivemos uma noite boa em um lugar paradisíaco. Eu havia escolhido um vestido de verão, e ele parecia jovial com uma bermuda florida. Andamos de mãos dadas pela orla, enquanto as ondas do mar faziam um barulho relaxante ao fundo. Uma típica lua de mel romântica de um casal apaixonado, o que não era nosso caso; embora nossa amizade fosse real. Depois de jantarmos e de eu não conseguir escapar do sexo, me sentia suja por causa das minhas atitudes.

Estava acordada há mais de uma hora, afogada em reflexões e sentindo um pouco de desconforto com o abraço de William. Eu nunca o quis dessa forma, como homem. Mas eu tinha que fingir desejá-lo, tinha que me rebaixar ao pior tipo de mulher, sendo falsa com um homem que nutria sentimentos verdadeiros por mim.

Meu Deus! Eu cheguei ao ponto de me casar. Nunca terei perdão, sei disso.

Seria tão mais fácil se eu tivesse pegado o atalho e aceitado a proposta baixa e inescrupulosa de Luke. Ele me quis no bar, ele era o alvo, estava nas minhas mãos. Afastei o braço de William e me levantei, tomando cuidado para não o acordar. Minha missão estava mais difícil. Luke me odiava e eu estava casada com um homem bom.

Em frente à pia no banheiro, joguei água no rosto e, quando olhei meu reflexo no espelho, me amaldiçoei.

Burra, burra, burra.

Havia sido idiota traçando um caminho baseado nas minhas emoções e não na racionalidade. O que Damião faria comigo quando descobrisse que coloquei tudo a perder? Não demorou para eu ter a resposta.

Meu celular tocou durante o café da manhã no restaurante do hotel em que estávamos. William lia um jornal sentado à minha frente; nem pareceu se importar quando pedi licença e me levantei, indo para a varanda.

— Oi — atendi.

— É isso mesmo, Lua? Criou intriga entre pai e filho?

— Damião? Como você está me ligando?

— O que pretende fazer agora, Lua?

— Eu... não sei. — Conferi, aflita, se William estava ouvindo. — Fui impulsiva... e agora Luke me odeia.

— Sua pequena otária. Sorte que tenho um plano. Chegou ao meu conhecimento que vocês vão viajar no réveillon.

— Viajamos noite passada depois do expediente de William. Já estamos em outra cidade.

— Onde estão?

— Damião... — relutei.

— Lembre-se do seu irmão, Lua. É meu filho, mas não ligo em mandar cortar um dedinho dele.

Quase em prantos, falei para ele o hotel e a cidade em que estávamos.

— Vou resolver isso.

— Damião... O que vai...

Ele desligou. Trêmula, apaguei o registro da ligação e voltei para a mesa.

William e eu nos vestimos e fomos à praia. Ele não estava totalmente relaxado. Desde o dia anterior, quando voltou do hospital, estava cabisbaixo e de poucas palavras. E eu tinha um nó preso na garganta. A sensação de que algo ruim iria acontecer. Algo ruim sempre acontecia quando Damião entrava em jogo.

DEPOIS DO ALMOÇO, NÃO SUPORTAVA MAIS TANTO SUSPENSE sem saber o que Damião faria, além do mau-humor de William. Ele estava sentado em uma poltrona olhando algo no celular, sentei-me à sua frente decidida a colocar tudo em pratos limpos.

— Aconteceu algo?

Levantou o rosto e me olhou por cima dos óculos de leitura.

— Como?

— Desde ontem você mal fala comigo; e hoje estava carrancudo na praia, nem aproveitou...

Ele tirou os óculos, colocou o celular de lado e, após respirar fundo, mostrou-se determinado.

— Encontrei-me com Luke ontem.

Meu coração falhou uma batida. Apertei meus dedos dando conta do tamanho da minha tensão.

— E...

— Ele apenas tentou acabar com minha felicidade, Lua.

— O que ele disse? Ele conspirou contra mim? — A minha tensão era perceptível, não conseguia fingir.

— Sim, ele disse que vocês transaram.

A princípio, gargalhei. A risada mais falsa e tensa do planeta. Jamais conseguiria ser uma golpista com êxito, pois simplesmente não conseguia ser falsa. Quando parei de rir, William estava sério me encarando, abaixei o rosto, cheia de constrangimento. Ele sabia.

— Lua. — Ele estava muito sério, ao mesmo tempo que havia uma grande carga de horror em seus olhos.

— Desculpe, Will. — Uma lágrima verdadeira escapou do meu olho.

— Por que não me falou?

— Eu fui fraca. Desculpe... Me senti atraída por ele e acabei cedendo. — Desesperada, ajoelhei ridiculamente diante dele. — Não queria te ferir.

William puxou a mão que eu segurava e ficou de pé.

— O que você quer comigo? Qual é o seu plano?

— Will... eu gosto muito de você.

William ficou um tempo calado, de costas para mim, enquanto passava as mãos pelos cabelos. Ele estava sofrendo, e eu me sentia um lixo por provocar isso em um homem tão bom. Quando voltou a me olhar, ele parecia conformado.

— Arrume suas coisas, vamos voltar.

— Will...

— Não sei o que queria de mim, mas te darei liberdade e uma boa condição financeira.

— Eu não quero, não quero seu dinheiro, acredite. — Tentei ser convincente aos prantos.

— E o que você quer? — Ele não parecia comovido, pois levantou o tom de voz.

Só me casei com você para me aproximar do seu filho, porque tem um bandido querendo acesso fácil a ele para matá-lo, mas fui burra o suficiente para transar com ele e provocar atrito entre vocês.

— Eu... não sei.

— Tudo bem. Arrume suas coisas, eu volto em uma hora. Só preciso de um tempo.

Ele saiu e eu desmoronei no tapete. Tinha acabado o tormento, mas o meu problema só crescia. Entretanto, Damião teria que encontrar outra forma de se aproximar de Luke. Eu estava, definitivamente, fora do jogo.

WILLIAM DIRIGIA NA VOLTA PARA CASA. AINDA MUITO SÉRIO E compenetrado. Ele voltara para o quarto do hotel com vestígios de choro na face entristecida. Eu não cansava de me desculpar, mesmo ele não parecendo acreditar. E prometi a ele que não iria querer nem um centavo no divórcio. Durante a viagem, recebi uma mensagem. Abri e li.

Anônimo:
Peça pra ele ir a algum lugar, de carro.

Eu:
O quê?

Olhei de soslaio para confirmar se William estava me vigiando. De verdade, ele não parecia se importar com nenhuma ação da minha parte.

Anônimo:
Peça ao doutor pra sair de carro.

Eu:
Por quê?

Tudo se tornava cada vez mais estranho, e o sentimento de mau presságio crescia em meu peito. As batidas do meu coração já estavam descompassadas. Com horror, li a nova mensagem que chegou.

Anônimo:
Ele será eliminado do plano, você ficará sozinha e terá caminho livre com Luke Ventura.

Minha mão tremia mais que o normal enquanto eu digitava, em pânico, indiferente ao que William, ao meu lado, pensaria.

Eu:
Nós já estamos no carro. Voltando para casa.

Anônimo:
SAIA DO CARRO AGORA, PORRA!

— Pare o carro, Will. — Enfiei o celular na bolsa — Pare, por favor.
— O que houve? — Olhou-me intrigado — Está passando mal?
— Só pare... eu preciso... respirar.
— Calma, eu vou... merda.
— O quê?
Assisti ao desespero tomar conta dele, quando tentou controlar o carro, sem muito sucesso.
— Merda! O freio arrebentou.
— William...!
Era tarde demais. Meu caminho, enfim, tinha encontrado a justiça do destino por eu ter sido tão má. Eu vi tudo passar na frente dos meus olhos. Minha mãe jovem e bela, sempre sorridente, e seu fim inesperado. Rafael era minha alegria, meu porto seguro e, de repente, Damião o levou. Eu tive duas perdas simultâneas e fui forte para lutar por meu irmão, incluindo entrar em esquemas criminosos. Eu

perdi minha vida, minha faculdade, meu emprego, e me dediquei às chantagens de Damião.

Vi Luke e seu olhar cheio de paixão enquanto me tomava na cama, na véspera de Natal. Aquele dia, eu tinha sido feliz.

Em uma curva, não houve como diminuir a velocidade e fechei os olhos encharcados de lágrimas quando o carro saltou por cima da cerca de proteção.

Minha última lembrança foi o olhar irado de Luke.

Fim de jogo, Lua.

7

A GRANDE PERDA

LUKE

"Fico feliz que tenha, enfim, aberto os olhos, pai. Vamos passar o réveillon juntos, sim."

"Me desculpe por duvidar, Luke. Eu me sentia tão sozinho... Quero resgatar nossos laços, quero ter mais tempo juntos, você é minha única família."

"Ainda temos tempo, meu pai. Me desculpe também por ter sido tão frio... te esperarei."

"Chego logo mais. Te amo, filho."

DE PÉ, DIANTE DA JANELA DE MINHA SALA NA EMPRESA, OLHEI os navios repousarem nas águas mansas durante o pôr do sol. As palavras do meu pai ao telefone me fizeram sorrir. Em anos, eu não conseguia esticar os lábios assim, em um sorriso natural e forte. Um sorriso de contentamento. Não por eu ter ganhado a batalha, mas por ter tido a primeira conversa franca com meu pai em anos. Nunca parei para ouvi-lo e ele nunca tinha dado importância ao meu afastamento. Éramos estranhos com uma ligação sanguínea. Eu não sabia como seria nem quanto tempo duraria nossa bandeira branca, mas estava feliz.

Batidas à porta me fizeram virar. Bernadete entrou.

— Senhor Luke, o doutor Murilo está aqui.

— Ah, sim. Mande-o entrar.

— Com licença. — Ela se aproximou e colocou pastas sobre minha mesa. — Os relatórios que o senhor pediu, sobre os petroleiros encomendados pela Arábia Saudita.

— Obrigado, Bernadete.

Ela assentiu e saiu. Murilo entrou.

— Mandou me chamar? — perguntou.

— Consegui, porra — festejei, indo ao encontro de Murilo.

— Conseguiu?

— Meu pai vai se divorciar da vigarista. Ele descobriu que ela estava mentindo.

— Sério? — Ele desabotoou o terno e sentou-se em uma poltrona.

— Bebe algo? — indaguei, junto ao bar.

— Um uísque. Sem gelo.

Servi a bebida em dois copos e entreguei um a ele.

— Foi tão fácil assim?

— Sim. — Nem consegui sentar, tamanha minha euforia. — Estou tão aliviado...

Ficamos em silêncio enquanto Murilo pensava, franzindo o cenho. Eu, parado diante dele, esperando um elogio ou comentário de aprovação.

— O que ela tem de diferente?

— Como?

— Essa mulher. As outras mulheres do seu pai passaram despercebidas. Todos sabem que são golpistas se aproveitando de um homem carente. Nada diferente dessa atual. Mas por que apenas essa te deixou tão determinado?

Eu parecia ter sido pego no flagra.

— Não estou...

— Luke. Não tente se enganar. Você nem estava dormindo nos últimos dias, me ligou uma madrugada tomado por raiva dessa tal Lua. Não é ódio o que sente por ela.

Ele conhecia muito bem a minha vida e até meus sentimentos.

— Nem ouse terminar essa merda. — Virei o copo de uísque na boca e fui me servir de mais. Murilo tirou minha felicidade, agora eu estava ansioso. — Você não sabe de nada, Murilo. Aquela mulher é perigosa. As outras mulheres do meu pai não me enfrentaram como ela fez. Eu não sinto nada mais que desprezo por ela.

— Tudo bem. Não está mais aqui quem supôs.

Ele não acreditava nem um pouco em mim.

— Quero que elabore o melhor divórcio que você já pôde criar. Se possível, quero ela saindo com saldo devedor desse casamento.

— Pode deixar, senhor Ventura. A golpista não terá chance comigo.

―――•―――

ELE ESTAVA CERTO. MURILO ERA MEU AMIGO DE LONGA DATA E ME conhecia muito bem. Lua era diferente, e o pior era não saber o que a diferenciava das outras. Por que ela provocava essa combustão de sentimentos em mim? Por ser parecida fisicamente com Madalena? Ou por ter me atraído visceralmente lá no bar? Ou, talvez, por ter sido tão petulante e entrado em meu jogo no dia da ceia?

Ela não se curvou a mim como a maioria fazia e, ainda por cima, uma cartada de gênio, me colocando como um vilão.

Subitamente, me vi despencando em meu próprio inferno; estava sem dormir, bebendo mais que o normal, afogado em lembranças de uma noite de sexo. Lua tinha tocado em minhas emoções.

Era ódio o que eu sentia. Tinha que ser ódio. Terminei o expediente e fui direto para casa. Dessa vez, saboreava uma boa dose de ânimo. Até liguei o rádio do carro enquanto dirigia, e tamborilava os dedos no volante. Em casa, joguei as chaves no aparador e aspirei o delicioso cheiro do jantar sendo preparado. Claudia descia as escadas.

— Boa noite, Luke. Seu banho está pronto e o jantar será servido às sete.

— Obrigado, Claudia.

Ela trabalhava apenas meio período, já que eu não tinha o hábito de tomar café pela manhã e almoçava na empresa. Era uma companhia sem muita importância para mim. Claudia tinha sido mais aberta com Madalena, e sabia como eu odiava qualquer menção a ela. Era apenas uma relação de trabalho, nunca de amizade.

— Com licença. — Ela se afastou, indo para a cozinha, e eu subi para o banheiro, onde a banheira me esperava. Claudia sabia exatamente como eu gostava. Nem mesmo eu sabia preparar um banho de banheira tão relaxante.

Mergulhei e esperei alguns segundos debaixo d'água antes de emergir. Recostei na banheira e fechei os olhos, deixando-me divagar pelos pensamentos de vitória. Eu sempre vencia, qual era a novidade?

Batidas à porta do banheiro me despertaram, tirando-me do meu sossego.

— Claudia?

— Luke... precisa vir até aqui. — A voz dela estava tremida, vacilante. Saí da banheira, vesti um roupão e abri a porta. Claudia estava pálida.

— O que houve?

— Há policiais lá embaixo... é urgente.

— Policiais? — Passei por ela e desci as escadas sem conseguir formar uma única suposição do motivo de ter policiais na minha casa àquela hora. Eram dois, estavam em pé na sala, enquanto olhavam em volta.

— Luke Ventura? — Um deles veio em minha direção e estendeu a mão. A apertei. — Sou o sargento Bruno e este é Valter.

— Pois não, o que desejam?

— Infelizmente não temos notícias boas, senhor. — Desviou o olhar com incômodo. — É sobre William Ventura. Seu pai, certo?

— Sim, o que aconteceu com meu pai? Onde ele está?

—Aconteceu um acidente e, infelizmente, o seu pai... não resistiu.

———•———

ACHO QUE NÃO GRITEI OU CHOREI. SE FIZ OS DOIS, TAMBÉM NÃO me lembro. Havia uma nuvem espessa cobrindo minhas lembranças. Apenas caí em catatonia, as pernas pareciam travadas e o coração, acelerado demais. Murilo chegou rápido e me deu apoio enquanto eu me refugiava em um lugar em minha mente, bem pequeno, o único lugar onde restavam momentos bons com meu pai. E foram tão poucos...

No automático, fui reconhecer o corpo no necrotério e ouvi o delegado falar e falar sem parar. Fiz questão de preparar o funeral. Era mórbida aquela sensação, mas eu sentia necessidade de cuidar do meu pai em seu último momento.

Eu estava dopado? Ou bêbado?

Murilo me segurava durante o enterro do meu pai. Bem ali, ao lado de uma lápide que eu conhecia cada pedacinho, cada rachadura, cada flor do jardim bem cuidado em volta.

De cabeça baixa, ouvia o padre falando palavras bonitas e reconfortantes. As pessoas em volta tinham olhares tristes e várias delas choravam copiosamente. Colegas de carreira, que sentiam mais a perda do que eu, o próprio filho. Ele tinha sido mais próximo dessas pessoas que, para mim, eram estranhas. Eu não o culpava por isso, era a maneira de ele ser feliz.

Ouvi várias daquelas pessoas fazerem discursos emocionados e, quando ofereceram a mim a oportunidade, apenas desconsiderei com um aceno negativo, e Murilo complementou:

— Luke está abalado demais para falar.

E eu não falei. Apenas beijei uma flor e a joguei no caixão, usando o resto de afeição que sentia por aquele homem que tinha o meu sangue.

Adeus, pai.

— ESTÁ TUDO BEM? QUER QUE EU DURMA AQUI ESTA NOITE? — Murilo perguntou.

— Vou ficar bem. — Eu havia acabado de sair do banho. Murilo parecia preocupado com minha saúde mental, que estava totalmente segura. Precisava de muito mais para acabar com minha sanidade. Me servi um pouco de uísque e sentei-me no sofá. Murilo sentou-se também.

— Quer perguntar sobre ela, não é?

Ele se referia a Lua que, por ironia do destino, tinha sobrevivido ao acidente.

— Como ela está? — Levantei os olhos para ele.

— Viva. Em coma, mas viva. Eles ainda estão procurando familiares ou um responsável por ela. Achei melhor não contar que era esposa do seu pai.

— Fez bem — sussurrei e tomei um gole de uísque. — Sabe como aconteceu?

— Ainda estão investigando. Parece que ele perdeu o controle; não há indícios de ser criminoso. O delegado ainda quer falar mais um pouco com você.

— Marque para amanhã, por favor. Quero concluir isso logo.

— Certo.

Ficamos em silêncio por um instante, então ele disse:

— Sabe que ela é a viúva de William, não é? — Murilo pareceu cuidadoso antes de emendar: — E, consequentemente, herdeira.

Fiquei de pé e passeei pela sala. Isso estava martelando em minha mente desde que soube da morte de meu pai. Agora, ela tinha mais chances de sair ganhando desse casamento.

— O que podemos fazer?

— Nada, Luke. Ainda tem o testamento. Só podemos agir depois de saber o desejo de seu pai.

— Sobre a herança, o que podemos fazer para impedir essa mulher de sair ganhando?

— Judicialmente? Nada. Eles se casaram e, pelo que fiquei sabendo, não foi separação total de bens.

— Burro. Meu pai extrapolava na burrice.

— A única forma seria ela assinar os documentos renunciando a herança ou doando tudo para você. O que eu garanto que ela não fará.

Voltei a sentar, pensativo. Sempre existe uma maneira. Meu pai tinha morrido querendo o divórcio, e eu não deixaria aquela mulher levar nada dele. Eu desceria o mais baixo que conseguisse para fazê-la perder.

Virei o copo de uísque na boca. Os olhos parados na parede à minha frente.

8

VIÚVA NEGRA

FUNCIONÁRIOS DA RIVER NAVAL NOS PRECEDIAM EM UMA LONGA caminhada e, junto a mim, alguns engravatados ouviam com atenção minha explicação sobre um navio para cruzeiro, que estava sendo construído em um dique, algo como uma piscina gigante seca em um nível abaixo do mar, e em processo de finalização. Quando enfim ficar pronto, comportas serão abertas, trazendo a água do mar, e assim o navio flutuará, ficando pronto para navegar.

— É uma arqueação de nove mil e quinhentos? — Referiu-se às medidas do navio.

— Exato — falei. — Será um cruzeiro considerável, composto de quatorze andares e trezentos e oitenta metros de comprimento. — Paramos diante da grandiosa embarcação que estava sendo pintada. Era equivalente a um prédio de vinte e cinco andares. Era o meu orgulho, pois esse glorioso monumento saíra de um projeto desenhado por mim. Vê-lo tomar forma me dava satisfação e quase me fazia esquecer dos problemas.

— Podemos conhecer o interior? — Um dos compradores questionou. No mesmo instante, meu celular tocou.

— Claro. Carlos, acompanhe os senhores, por favor — pedi ao chefe de produção. — Preciso atender a uma ligação.

Os homens se afastaram, entrando no navio, e eu atendi a chamada. Era Murilo.

— Diga.

— Muito ocupado? — Notei sua preocupação.

— Sim, por quê?

— Eu estava pensando sobre a viúva negra...

— Quem?

— Lua, lógico. — Ouvi o som de sua risada irônica.

— Sem trocadilhos, por favor. — Olhei o relógio de pulso e a impaciência me tomou. — Então? O que pensou?

— Conversei com o advogado do seu pai e, segundo ele, o testamento só poderá ser aberto na presença da Lua, pois ela é uma das beneficiárias e essa é uma das exigências.

— Caramba. — Massageei a testa, enquanto fitava meus sapatos. — Ele a colocou mesmo no testamento...

— Pois é. Ele foi cauteloso com as outras esposas, mas essa conseguiu manipulá-lo em tempo recorde. Deve ter algo especial, dizem que ruivas são únicas...

Murilo sugeriu e eu senti um impulso de raiva.

E Lua tinha mesmo algo especial. A noite que passei com ela no motel não saía de minha cabeça, aquela mulher estava impregnada em cada célula do meu corpo, e poderia ter acontecido o mesmo com meu pai.

— Luke, você precisa convencer o Teobaldo a deixar você ver o testamento.

— Sim, farei isso. — O velho advogado do meu pai era fiel, mas não era imune ao dinheiro.

— E depois precisa ir ao hospital.

— Hospital? Por quê?

— Porque eles estão procurando um responsável por Lua Maria e você deve ser esse responsável.

— Pirou? Quero essa mulher longe da minha vida.

— Não dizem que devemos manter os inimigos por perto? Você precisa estar por perto quando ela acordar e fará o possível para convencê-la a renunciar qualquer coisa que tenha herdado.

— Merda. — Inquieto e desarrumando os cabelos, andei de um lado para o outro.

Murilo tinha razão. Pertencia a mim a maior parte da corda nessa disputa e ela sempre arrebenta para o lado mais fraco. Eu cercaria Lua e faria a vida dela um inferno, fazendo-a desejar voltar para o coma.

— Você tem razão — falei. — Eu vou agir já. Pode me esperar no hospital? Chego em meia hora.

— Certo. Estou indo para lá.

JÁ HAVIA SE PASSADO QUATRO DIAS DO ACIDENTE E TRÊS DIAS do enterro do meu pai. Minha vida começava a voltar ao normal com mais facilidade do que imaginei que seria. Meu pai não fazia parte do meu cotidiano e isso ajudava a superar.

Enquanto esperava Murilo chegar, olhava no meu celular algumas fotos antigas do backup. O último réveillon que havia passado com meu pai foi em 2012, um ano depois que Madalena...

Abandonei as fotos antigas e foquei no presente. O réveillon acontecera há três dias e passei-o debaixo do chuveiro. Pude perceber, pelo barulho lá fora, o momento exato da virada. Foi a primeira e única vez que chorei copiosamente pelo meu pai.

Com o nó do dedo, Murilo bateu no vidro do meu carro, tirando-me do devaneio. Peguei o celular, tirei a chave da ignição e saí.

Na recepção, Murilo explicou o que buscávamos e rapidamente uma enfermeira veio para nos guiar até a ala onde Lua estava. Um adesivo com a inscrição "visitante" foi pregado no nosso peito.

— Esperem, por favor; o médico está em outro setor, mas uma enfermeira virá fazer uma pequena entrevista.

Nos sentamos. Eu me sentia em estado de alerta.

— Que merda de entrevista é essa? — questionei a Murilo.

— Apenas praxe.

— Por que Teobaldo não veio se responsabilizar por ela? — contestei. — Afinal, ele que está em posse do testamento.

— Aquele velho só quer saber de grana, ele pouco se importa com a vida alheia — Murilo comentou o que, no fundo, eu já sabia.

— O bom é que será fácil suborná-lo. O pessoal aqui sabe ao menos que ela se casou com meu pai?

— A polícia já deve saber a essa altura do campeonato. Não sei se passaram a informação ao hospital.

— Boa tarde. — Levantei os olhos e me deparei com uma mulher de branco, sorrindo para nós dois. — Vieram pela paciente... — pausou, olhando uma pasta. — Lua Maria Soares Ventura?

A golpista tinha o sobrenome do meu pai agora. Da minha família. Tamanha petulância fez meu rancor crescer. Essa mulher enfrentaria a minha fúria.

— Boa tarde. — Fiquei de pé. — Sou Luke Ventura e este é Murilo Brandão, meu advogado.

— Ah, sim. Enfim o responsável por ela. Por que não veio antes? — Encarou-me com um sorriso amigável.

— Ele estava em uma viagem importante — Murilo intercedeu, respondendo.

— Certo. O senhor e a paciente moram aqui na cidade mesmo?

— Sim.

Ela anuiu e escreveu na pasta, mordendo o lábio, concentrada.

— Quem era o senhor que estava no carro com ela?

A pergunta mostrava que a polícia não havia passado dados cruciais a eles.

— Meu pai. William Ventura.

— Certo. — Escreveu novamente na pasta e olhou para mim. — Meus sentimentos. Não havia nada que pudesse ser feito...

— Eu entendo.

— Pode me dar um número de documento? Apenas para deixar registrado que é o responsável por ela.

— Claro. — Peguei a identidade na carteira e entreguei a ela. A enfermeira anotou na pasta, me devolveu e sorriu, satisfeita.

— Senhor Luke, aguarde um pouco que o médico já vai atendê-lo para informá-lo sobre o estado de saúde da sua esposa. Obrigada.

— Ah... ela não... — Tarde demais. A enfermeira virou-se e nos deixou. Olhei para Murilo e ele estava tão surpreso quanto eu. — Você viu? Ela tirou as conclusões... O hospital não sabe nada sobre ela?

Murilo apenas deu de ombros.

— Isso não é um detalhe importante. Quando Lua acordar, tudo será esclarecido. — Voltamos a nos sentar e ele emendou: — Você só precisa ficar por perto, não a deixe escapar.

— Das minhas garras, a tratante não escapa.

A conversa com o médico foi rápida. Ele já tinha a informação falsa de que Lua era minha esposa. Não o desmenti. Apenas ouvi calado enquanto ele explicava com cuidado, como se pudesse me ferir com o diagnóstico dela.

— Ela teve um início de traumatismo craniano e, por causa de um pequeno inchaço, estamos mantendo-a em coma induzido, mas ela já está em progressão e ficará bem.

— Que bom — sussurrei.

— Tem alguma previsão de quando ela estará lúcida? — Murilo questionou.

— Amanhã a traremos de volta, as próximas horas serão cruciais. Torcemos para que não tenha nenhuma sequela.

Apenas assenti, neutro. Longe de parecer um marido sofrido.

— Bom, agora vou permitir que você a visite. Pode me acompanhar. — Ele nem mesmo perguntou se eu queria vê-la, apenas supôs. Murilo fez um sinal para eu ficar calmo e acompanhar o médico. Decidi não contestar.

Eles me deram uma máscara e uma touca. Entrei na Unidade de Terapia Intensiva e o médico me deixou sozinho. Com cautela, aproximei-me da cama cercada de aparelhos, onde Lua estava inconsciente.

Havia um hematoma no olho dela e pequenos cortes do lado esquerdo do rosto. Os cabelos avermelhados repousando em cachos macios derramados pelo travesseiro. Apesar de tudo, ainda era linda e eu sabia que tinha um beijo magnífico.

Que merda, Luke! Amaldiçoei. Eu sentia uma forte atração por Lua. Às vezes, queria me punir por deixar aquele sentimento continuar em meu peito.

Olhei seus lábios por tempo demais e travei os dentes ao me lembrar do que ela fez: traiu meu pai transando comigo e, depois, na ceia de Natal, armou um conflito entre nós dois.

— Achou que escaparia? — Abaixei e sussurrei perto do ouvido dela. — O destino te encontrou, sua pilantra. Se eu fosse você, torceria para não acordar nunca mais. Estou doido para acabar com sua raça.

Ergui o corpo e sorri. Fitei-a uma última vez, virei-me e fui embora.

9

A BELA ADORMECIDA

— **TRANSFERÊNCIA CONCLUÍDA. — ENVIEI O COMPROVANTE DA** transação para o e-mail de Teobaldo e guardei o celular. — Duas vezes mais do que meu pai te pagava.

Ele conferiu e imediatamente foi ao cofre. Voltou para a mesa com um envelope lacrado e me entregou.

— Sabe que isso é contra minha ética, mas como você é uma pessoa que conheço...

— Corta essa, Teobaldo. Está em frente a dois espertos, não precisa tentar mascarar — Murilo rebateu. Eu estava pagando caro apenas para ter acesso ao testamento do meu pai que, por vontade dele, deveria ser aberto na presença de Lua.

Com a tensão persistindo, abri com cuidado e tirei o documento. Flagrei-me ofegante enquanto corria o olhar pelas linhas, conhecendo, enfim, o último desejo do meu pai.

Maldito. Burro. Praguejei em pensamento.

Continuei lendo, muita baboseira que ele se dispôs a escrever, como se Lua Maria fosse realmente se importar. Para mim, curtas linhas. E uma frase que martelou em meu coração quando a li: "Filho, tente ver a vida com o coração uma única vez, a razão te cega". Empurrei os papéis e fiquei de pé, com os dedos nos cabelos.

Não acreditava que ele teve a coragem de fazer isso. Prometi não ter mais picos de raiva contra meu pai, queria deixá-lo descansar, mas a ira me consumia.

— Filho da... — suprimi o resto do xingamento.

— O que ele fez? — Murilo questionou e, sem esperar minha resposta, pegou os papéis para ler.

— Ele deixou tudo para ela. Tudo o que me importava.

— Como é que é? Luke... deve ter algo...

— Está aí, Murilo, veja com seus próprios olhos. Ele deixou a nossa casa... — Engoli a frase e completei: — A casa em que nasci e fui criado. Ele sabia como eu gostava daquela...

Merda.

A enxaqueca ameaçava me pegar com brutalidade.

— Teobaldo você precisa...

Antes de ao menos conseguir dizer o que eu queria, ele se colocou na defensiva.

— Luke, eu sinto muito, mas isso já está lavrado em cartório. Ele fez isso na noite da ceia, na véspera de Natal. Se Lua Maria sobreviver, a casa é dela.

O choque foi maior. Na noite da ceia, meu pai mudou o testamento. Que miserável! Seu ódio por mim o fez tirar aquilo que mais me importava. Ele sabia que era a única forma de me ferir.

— Preciso ir — falei, à beira de um surto. — Teobaldo, mantenha esse testamento bem protegido — ordenei. — Talvez eu tenha um golpe de sorte. Vamos esperar.

Todos sabiam que o único golpe de sorte possível seria a morte de Lua. E essa suposição me causou desconforto. Ele apenas assentiu e eu saí, meio zonzo, como se perdesse o rumo de repente.

Antes de prometer a Murilo que eu não tentaria nenhuma loucura, fui direto para casa.

Coisas piores já me aconteceram e eu não atentei contra mim mesmo. Dispensei Claudia, peguei uma garrafa de uísque e sentei-me em um sofá na sala, no escuro, apenas com minhas lembranças como companhia.

Se eu fechasse os olhos, me via descendo as escadas para encontrar minha mãe, tão linda, sorridente e com o avental em volta da cintura, preparando o café da manhã.

Meus dias de glória tinham durado tão pouco. Eu fui feliz naquela casa, gostava de estar lá, era o lugar onde a melhor parte de mim morava. E bem mais tarde, quando encontrei Madalena... Foi lá, naquela casa, que meu ápice de felicidade aconteceu. Era lá que estava o meu coração.

Pensei em Lua e em como ela foi ardilosa. Aquela mulher não iria vencer. E eu estava disposto a fazer tudo, até mesmo coisas inimagináveis, para ter de volta o que era meu.

ACABEI DORMINDO ALI MESMO, JOGADO NO SOFÁ DA SALA. NEM bebi tanto, acho que o cansaço dos últimos dias me derrubou.

Acordei com meu celular tocando. Após me espreguiçar, acendi o abajur mais próximo e atendi a ligação sem nem considerar a hipótese de ignorar, como eu sempre fazia para quem ligasse fora de horário.

— Oi.
— Luke Ventura?
— Isso.
— Aqui é do hospital.

Fiquei de pé em um pulo.

— Estou ouvindo, diga.
— Lua Maria acordou e está agitada, precisamos de um familiar aqui, com urgência.

Merda!

— Certo, já estou a caminho — respondi no automático, ainda sobressaltado.

Como assim, "estou indo"? O que faria lá? Confortar a mulher que eu odiava?

Já passava das quatro e meia da madrugada. Me vesti e saí. Tinha chegado o momento e ela devia estar assustada, querendo ir embora do hospital para não ser pega; uma pena para ela, já que eu iria massacrá-la.

Dirigi o mais rápido possível, muito concentrado, cortando a cidade vazia sem qualquer empecilho.

Entrei correndo no hospital e, assim que souberam o motivo de eu estar ali, me permitiram ir até a ala para onde a tinham levado. Uma enfermeira veio ao meu encontro.

— Onde ela está? — questionei.

— Ela foi transferida há pouco para o quarto trezentos e dois. A médica de plantão precisa falar com o senhor antes de liberá-lo para que possa ver a paciente.

Não obedeci, segui pelo corredor, olhando os números das portas, ouvindo-a me chamar atrás.

— Senhor Luke...

Não dei ouvidos. Estava dando ouvidos apenas ao meu anseio em poder falar para Lua tudo que estava engasgado na garganta. Abri a porta e entrei. Uma enfermeira estava falando com ela, tentando acalmá-la. Vi que Lua estava sentada com o rosto enterrado nas mãos. No pescoço dela, um colar cervical.

As duas viraram para a porta quando entrei. Eu estava pronto para berrar, ameaçando-a, quando a enfermeira falou:

— Olha lá, seu marido chegou.

Não, eu não era marido merda nenhuma.

E, então, Lua caiu em prantos me desarmando. Paralisado, vi ela soluçar, parecendo tão frágil e pequena. Como um pássaro machucado. Em mim, estranhamente, brotou o impulso de querer consolá-la. Seria um truque dela?

— Eu não o reconheço... — ela balbuciou.

Sem entender, busquei resposta na enfermeira, com um olhar aflito. Ela diminuiu a distância entre nós, dando o diagnóstico de forma cautelosa:

— Ela está com um quadro de amnésia... Por favor, tente acalmá-la um pouco.

— Como assim... amnésia?

— A paciente está confusa e não se recorda de nada. Sequela do acidente. Conforte-a, tente acalmá-la, ela precisa de um familiar.

— Eu...?

A enfermeira fez um gesto levantando os ombros, como se quisesse dizer: "Quem mais poderia?".

Lua ainda soluçava baixinho. Inspirei uma grande quantidade de ar, buscando coragem e uma boa dose de dissimulação para prosseguir. Tinha ido até ali com sangue nos olhos para desmascará-la e, agora, teria que consolá-la. Era irônico que o maior desafeto dela teria que acalentá-la.

Aproximei-me e me sentei na cama.

— Lua...

Ela se encolheu ao ouvir minha voz e fez menção de se afastar.

— Não tenha medo. Sou eu, Luke, seu... — Inferno! — marido.

Relutante, ela levantou os olhos e me fitou. Mordeu o lábio rosado.

— Eu não me lembro... não me lembro de você.

— Eu sei. Mas eu não me esqueci de você. Pensei em você todas as horas do meu dia. — *Fiz planos para acabar com você e jogá-la em uma prisão, onde é o lugar de tratantes.* — Logo se lembrará da sua vida, de tudo o que vivemos.

Consegui tirar um sorriso tímido dela e limpei suas lágrimas.

— Pronto. Está tudo bem.

— Está abafado aqui... parece que vou surtar. — Seu olhar apavorado já indicava isso antes mesmo de ela falar.

— É porque está de madrugada. Olhe para mim, esqueça o ambiente em sua volta.

Ela assentiu, ainda trêmula, e não desviou o olhar, buscando refúgio em mim.

— Tento lembrar quem eu era... — sussurrou. — Mas nem sei do que eu gostava, não sei nada sobre mim...

— Posso te ajudar a descobrir, o que acha? Confia em mim?

— Eu...

Droga! Não acredito que eu estava mesmo embarcando nessa loucura.

— Lua, sou seu marido, temos uma história e sei tudo sobre você.

— Tudo o que eu precisava saber para tentar te derrubar.

Repentinamente, mostrando-se corajosa, ela olhou no fundo dos meus olhos e assentiu. Eu a puxei para meus braços e a aninhei, simulando carinho, fazendo cafuné em seus cabelos. Senti ela apertar com força minha camisa e suspirar como se soprasse o medo de dentro do coração.

Naquele momento, eu tinha a confiança de uma mulher incapaz e dona da herança que devia ser minha por direito. Em pensamento, gargalhei ironicamente. Seria tão fácil fazê-la assinar alguns papéis passando tudo para mim. Era verdade que Deus escrevia certo por linhas tortas.

Ela afastou-se e se deitou contra os travesseiros. Ainda me olhando.

— Como... como foi o acidente?

— Não vamos falar sobre isso, tudo bem? Aos poucos te darei detalhes, mas agora você vai apenas dormir. — Puxei a manta cobrindo-a até os seios.

Lua estava mais calma. Não me perguntava mais nada, mas seguia abalada, me olhando insistentemente, como se tentasse se lembrar de mim.

A médica quis falar comigo. A mesma ladainha de antes, que Lua estava com um quadro de amnésia e que deveria receber mais carinho da família. Eu apenas assentia, fazendo promessas no automático.

Segundo a médica, o quadro de Lua poderia se reverter em questão de dias, uma semana, um mês ou um ano. Essa suposição me abalou. Eu tinha que agir rápido para fazê-la assinar os papéis, devolvendo minha propriedade, e, depois, libertá-la, mandá-la embora da minha vida de uma vez por todas.

10

SENHOR E SENHORA VENTURA

LUA FOI TRANSFERIDA PARA UMA ALA PARTICULAR. ENQUANTO ela dormia, enfim tranquila, eu a estudava sentado em uma poltrona. Decidi manter a farsa. Liguei para Murilo e ele me disse que era o melhor cenário possível. Lua estava sem memória, eu poderia enganá-la e fazê-la assinar a papelada. No entanto, parecia existir algo maior dentro de mim, dando-me contentamento por ter ela, mesmo que falsamente, em minha vida.

Pedi a Murilo para arranjar um profissional que pudesse manipular algumas fotos onde estavam Madalena e eu, inserindo o rosto de Lua no lugar. Se era para enganá-la, tinha que fazer do jeito certo.

Observei Lua com atenção. Quais segredos ela guardava e agora perdeu? Qual era a verdadeira face de Lua? Ou as várias faces que foram esquecidas por ela? Agora, ela era como um papel em branco ou um pedaço de barro pronto para ser moldado.

Como se pressentisse minhas divagações, ela se mexeu na cama e abriu os olhos. Assustada, sentou-se. Me perguntei se a amnésia ainda persistia e, pelo olhar dela em mim, soube que sim.

— Está tudo bem? — perguntei, levantando-me e indo até ela.

— Sim... — Massageou uma têmpora. — Pode me dar um pouco de água?

— Claro. — Peguei água e acendi a luz para que pudesse beber. Ela me entregou o copo e continuou sentada, me fitando.

O silêncio nos envolveu até ela questionar:

— Como a gente se referia um ao outro?

Ergui as sobrancelhas, confuso com a pergunta, e ela explicou:

— Eu te chamava de algum apelido carinhoso... ou pelo nome mesmo?

— Ah... — Pensei um pouco. Eu tinha que pensar como um marido e possuía um pouco de experiência por já ter sido o marido de alguém. — Pelo meu nome. Às vezes, você falava "amor", quando queria algo de mim.

Ela enrubesceu e desviou o olhar, mas não a tempo de esconder a timidez impressa neles. Não era mesmo a antiga Lua. Antes do acidente, ela não possuía esse olhar quase cândido.

— Quer que eu suba a cabeceira? — perguntei. Ela apenas assentiu. Elevei a cabeceira da cama, ajeitei os travesseiros e ela recostou. — A cabeça ainda dói?

— Um pouco. — Tocou de leve no curativo. Me olhou com interesse, mordendo o lábio como se estivesse com uma dúvida pairando na cabeça.

— Quer me perguntar algo?

— Você me traz uma sensação boa. É tão bonito, gosto de ficar te olhando.

Dei um sorriso modesto. Era um elogio a que já estava acostumado, porém, vindo de Lua, acabou atingindo uma pequena parte do meu coração.

— Como nos conhecemos? — ela indagou.

— Em um bar. — Sentei-me na ponta da cama.

— Um bar? — Mostrou-se pasma, tentando entender.

— É um lugar onde as pessoas vão beber, dançar, jogar...

— Me recordo do que é um bar. Eu era esse tipo de mulher... festeira?

—Você não estava lá para festejar. Estava fazendo um bico como Mamãe Noel e entrou para se refugiar da chuva.

— Uma Mamãe Noel? Você está tripudiando com essa história mirabolante? — Sua expressão era de surpresa, mas havia divertimento no olhar.

— Foi a Mamãe Noel mais bela que já vi. — E isso não era mentira. Fazia tempo que eu não me sentia tão atraído por uma mulher como me senti por Lua naquela noite. — Te dei carona naquela noite e... tivemos a primeira vez.

— Fui para a cama com um estranho na primeira noite?

— Você afirmou que se arrependeria disso pela manhã. Mas, no dia seguinte, passamos a ceia de Natal juntos.

Onde você mostrou suas garras.

— Uau. Eu quero muito ter essas lembranças de volta. E quanto a você?

— O que tem eu?

— Estava em um bar por quê? Fugindo da chuva?

— Eu costumava ir... apenas para beber e pensar. Eu gostava de me sentir um homem comum em meio a pessoas comuns. — Mal pude controlar a boca, confessando algo tão íntimo.

— Por que diz isso?

— Sou dono de uma construtora de navios. E tenho um considerável patrimônio. A mídia geralmente fica no meu pé.

— Sério? Meu marido é um bilionário? — Seu tom era mais zombeteiro do que perplexo.

— Você deu o golpe perfeito, me seduziu pelo meu dinheiro.

Ela riu, quase gargalhando. Também sorri, embarcando no sorriso dela, o mais lindo que já presenciei. Sem cerimônia, ela passou os olhos pelo meu corpo.

— Não parece um sacrifício ser sua esposa. Creio que o dinheiro não foi a única coisa que me fez optar.

— Não posso negar que tenho meu valor. E você sabia aproveitar.

Lua abaixou os olhos, murchando como uma rosa que perde as pétalas, tendo uma reação diferente da que eu esperava. Toquei em seu queixo para ver seus olhos.

— O que houve?

— Tenho medo... de nunca mais me lembrar.

— Não pense nisso.

— Não sou mais a mulher com quem você se casou. E se eu te decepcionar?

Essa sinceridade desesperada que ela transmitia começou a me incomodar. Eu não estava ali para ser a cura dela, meu único propósito era pegar de volta o que era meu. Conquistá-la, fazê-la assinar os documentos e me livrar dela. Este era o plano.

— Por que não volta a dormir? É madrugada, eu não vou embora, ficarei aqui. — Sem pedir sua permissão, abaixei a cabeceira da cama e apaguei a luz central, deixando apenas a luminária acesa.

— Luke...

— O quê?

— Deita comigo...

— Lua, sabe que não posso. Há regras no hospital.

— Só um pouco, até eu dormir. Estou lutando para não surtar com esse nada na minha mente. Talvez se você me abraçar... como a gente costuma dormir na nossa cama, eu possa recordar.

Cacete!

Havia um limite e eu não podia cruzá-lo. Deveria me lembrar. Espiei para ver se vinha alguém, tirei meus sapatos e o casaco e me deitei com ela, acolhendo-a em meus braços. Era como eu me lembrava. Tão delicada, quase frágil, e se moldava perfeitamente ao meu corpo. Ela me abraçou ansiosamente, com o rosto enterrado em meu peito.

Eu estava de olhos abertos, pensando no que o destino estava criando em minha vida. Talvez não fosse justo enganá-la, mas também não era justo eu perder a casa apenas por pirraça do meu pai.

— Luke.

— Diga.

— Traga fotos para eu ver... Nossas fotos.

— Sim, vou trazer. Durma.

———•———

— VOCÊ ESTÁ MUITO FERRADO, LUKE — MURILO APONTOU, APÓS ouvir meu relato. — Você está muito ferrado — repetiu enquanto bebericava a xícara de café. — Ela vai descobrir logo. A morte do seu pai foi amplamente noticiada e muitos sabem que a noiva dele estava no carro.

— A informação de que já tinham se casado ainda não tinha sido divulgada.

— Alguém, por descuido, pode acabar contando para ela ou ela pode ver em um noticiário.

Olhei em volta na cafeteria onde tomávamos café, como se alguém estivesse nos espiando. Eu estava dolorido por causa da poltrona reclinável do quarto e cheio de incertezas diante do quadro delicado que ela se encontrava. Enquanto Murilo estava metido em um terno bem ajustado, eu tinha a aparência de um andarilho todo amassado.

— É por isso que preciso adiantar a papelada. — Olhei meu café, sem prová-lo. Não queria ficar muito tempo na companhia dela, era perigoso para o meu coração.

— E vai empurrar um punhado de papel para sua suposta esposa que acabou de sair de um coma induzido?

— Já tenho tudo planejado. Assim que ela tiver alta do hospital, a levarei para minha casa de praia, afastada de tudo e todos.

— Vai escondê-la?

— Sim. É uma propriedade particular, ninguém vai se intrometer. Eu direi que o médico recomendou isso para que ela consiga resgatar as lembranças.

— Elaborado e maldoso — comentou. — Passe-me depois suas fotos e fotos da Lua, arrumei alguém para fazer as montagens.

— Ótimo. Vou precisar também de alianças. Passarei agora na joalheria.

NO MOMENTO EM QUE COMPRAVA AS ALIANÇAS, UMA LEMBRANÇA perigosa ameaçou escapar. Era sobre um dia, anos atrás, em que eu estava radiante comprando um par de alianças. Se a deixasse vir à tona, me faria muito mal. Passaram-se anos e a ferida deixada por Madalena queimava feito brasa.

— Será essa, senhor? — a atendente me perguntou, e só então me dei conta de quanto tempo estava admirando a beleza da aliança.

— Sim, esta. — Entreguei a ela o par de alianças. — Agora, preciso que me mostre algumas joias. Braceletes, colares, brincos.

— Sim, senhor.

Depois que comprei as alianças e algumas joias, todas com seguro, fui em casa tomar um banho e ficar apresentável para uma reunião na empresa, às nove. Antes, porém, tinha que fazer uma proposta a Claudia e pedi a ela que viesse hoje pela manhã.

Entrei na cozinha, ignorando as memórias olfativas que o cheiro do café dela me trazia. Às vezes, me achava um masoquista por manter coisas que me faziam recordar de Madalena. Claudia era um desses pedaços do passado.

— Bom dia, Luke. — Ela me olhou com o costumeiro ar de tensão e respeito. — Deseja algo especial para o desjejum?

— Bom dia, Claudia. — Sentei-me. — Quero apenas um suco, já tomei café com Murilo.

— Claro. — Rapidamente, ela foi preparar o suco.

— Claudia.

— Sim?

— Você chegou a conhecer a noiva do meu pai?

— Não tive a oportunidade.

Afastei a cadeira, levantei-me e fui até ela, que espremia as laranjas. Claudia ficou aparentemente mais tensa que o normal com minha proximidade.

— Eu preciso da sua ajuda. — Tentei não parecer um psicopata pedindo ajuda para esconder um corpo. Era difícil bancar o simpático, quem me conhecia sabia que eu não era.

Ela parou com as laranjas e me olhou. Pensou um pouco e assentiu, esperando mais informações.

— Ela sobreviveu ao acidente, mas perdeu a memória.

— Ah, que pena. Ela está bem?

— Sim, está, vai se recuperar. Mas há um segredo que quero te contar.

— Sim, senhor.

— Ela e eu tínhamos um caso sigiloso. — Uma mentira para acobertar outra. Claudia engoliu seco. — No hospital, tive que falar que sou marido dela, apenas para não abalar as emoções dela com essa história de ser a noiva do meu pai, mas ter um caso comigo.

Claudia se empertigou, fitando-me tensamente.

— Por favor, não nos julgue — pedi, como um bom manipulador.

— De forma nenhuma, Luke. Não é do meu interesse. O que precisa que eu faça?

— Vou levar Lua para minha casa de praia. Você já esteve lá comigo e Madalena.

— Sim, eu lembro.

— Gostaria que você fosse. Ficaremos em torno de uma ou duas semanas. E, claro, terá de tratá-la como se fosse mesmo a minha esposa...

— Eu deverei ser sua cúmplice?

— Exatamente.

— Bom... eu... — Abaixou os olhos.

— Claro, concederei um aumento para você. — Para manter a boca fechada.

— Esse não é o caso, o senhor já me paga muito bem. É só que... E se eu não conseguir disfarçar?

— Não precisa se preocupar, você terá pouco contato com Lua. Ela sempre estará comigo. Tudo bem para você?

— Tudo bem. Eu vou me preparar.

11

A CASA DE PRAIA

LUA

EU NÃO PARAVA DE OLHAR A ALIANÇA NO MEU DEDO, COLOCADA por Luke quatro noites atrás. Era um objeto estranho, não me trazia familiaridade. Por mais que eu forçasse, não me causava nenhuma sensação. Nenhum vestígio de lembrança do dia que deve ter sido o mais feliz para mim, o do meu casamento. Na minha mente, apenas um vazio em branco. Quem era eu? O que fazia? Onde estão meus pais? Eu tinha irmãos?

Afastei-me da janela e me sentei na poltrona, esgotada emocionalmente. Luke não aparecia desde o dia anterior. E, quando vinha, ficava pouco, mal trocávamos algumas palavras. Ele estava sempre taciturno e preocupado, mas era compreensível. Devia ser terrível para ele praticamente perder a esposa. Eu não era mais a mulher que ele amava. Uma enfermeira entrou, trazendo um aparelho de pressão e alguns medicamentos.

— Pronta para ir embora? — perguntou-me, esboçando uma euforia que deveria ser minha. Sorri meio sem graça. — Te garanto que você vai progredir muito em sua casa, perto da sua família.

— É... eu espero — sussurrei, enquanto ela aferia a minha pressão.

— Vi no noticiário sobre o seu acidente. Que pena. — Exibiu olhar de pena. — Sinto muito pelo seu noivo.

— Não é meu noivo, é meu marido. — Mostrei a ela a aliança, descobrindo-me orgulhosa por falar isso, por mostrar que eu tinha alguém para me apoiar.

— Ah. Nossa... que pena, sinto muito por ele.

Apenas assenti, sem questionar a ela o motivo de ela sentir muito por Luke. Será que ela achava triste eu ter me tornado uma folha em branco, sem passado e sem conhecer meu próprio marido? Ainda mais um homem tão rico e atraente.

De qualquer forma, era mesmo uma pena, mas ela não deveria ter sido tão grosseira em me apontar isso.

Tomei os comprimidos e a enfermeira disse que logo o neurocirurgião passaria para me examinar e ver se poderia me dar alta. Eu torcia para que não. O quarto do hospital tinha se tornado um ambiente familiar. Tinha medo de ir para um lugar completamente estranho e não saber o que fazer.

Todavia, ele passou para me visitar, fez muitos elogios sobre a minha melhora e me deu alta. Eu teria que voltar em consultas periódicas uma vez por semana.

Depois do almoço, Luke apareceu. Não estava taciturno como das outras vezes. Estava tenso. Me olhou como se eu fosse um bicho estranho e só depois sorriu, forçado.

— Enfim vai poder ir para casa — falou.

— Sim. — continuei sentada na cama, olhando-o afastado, como se não soubesse exatamente o que fazer. — Co... como você tem passado? — sussurrei.

— Eu? Bem.

— Ah! Que bom.

— E você?

— Bem. Dormi bem à noite e não tenho mais dores de cabeça.

— Que bom — Ele assentiu, com as mãos nos bolsos.

O terno caro lhe caía muito bem. Ele ficava tão bonito e másculo de terno. Aproximou-se e segurou minha mão. Ele usava a aliança.

— Irei te levar para um lugar que você adorava, para se recuperar lá.

— Não irei para nossa casa?

— Por enquanto, não. O doutor pediu que mantivesse você em um lugar calmo. Temos uma casa de praia, onde passamos nossa lua de mel, achei que seria bom ficar por lá.

— Parece agradável. — Fiquei feliz com a notícia. — Na verdade, eu estava receosa em ter que interagir com familiares de quem não me lembro.

— Por enquanto, não. Estará apenas comigo e com Claudia, nossa governanta.

— Você ficará comigo, lá na casa?

— Claro, Lua, sou seu marido. Sairei apenas para ocasiões muito importantes na minha empresa. Esse é o lado bom de ser o dono.

Suspirei, sentindo-me leve. Luke me dava confiança e conforto. Eu tinha sorte por ter alguém tão especial para cuidar de mim e ser responsável por dar de volta minhas lembranças.

Ele estava ao meu lado enquanto uma enfermeira empurrava minha cadeira até a saída do hospital. Em seguida, Luke me abraçou e guiou-me para o carro nos esperando. Um homem estava lá, parado ao lado da porta, pronto para nos servir.

— Boa tarde — cumprimentei.

— Boa tarde — respondeu, e Luke não fez questão de nos apresentar. O homem entrou no banco do carona, ao lado do motorista, e o carro partiu. Luke afivelou o cinto em minha cintura e ajeitou-se ao meu lado.

Eu me sentia uma princesa, tão bem protegida e paparicada. Tudo era estranho para mim, mas ele fazia parecer confortável.

Era a primeira vez que eu via o mundo desde que acordei na cama do hospital. Pela janela do carro, via a rua muito movimentada e aquilo me fascinou. Eu gostava disso ou preferia o silêncio de um lugar calmo? Eu trabalhava em um desses prédios altos ou era uma dona de casa à espera do marido que chegava todos os dias em horários pontuais? Eu treinava em uma dessas academias ou corria nas ruas ao redor de casa mesmo?

— Pensando se há algo familiar? — Luke indagou ao meu lado.

— Sim, tentando descobrir quem eu era.

— Não pressione a si própria. Vamos descobrir isso juntos.

— Você poderia me contar — sugeri.

— E não teria graça. O melhor será você descobrir aos poucos. Pedi a Claudia para fazer algumas sobremesas, as que o médico liberou. Eu sei de qual você gosta, mas quero que descubra sozinha.

— Isso é tão gentil. Obrigada, você está sendo uma rocha de sustentação enquanto não posso ser a mulher que conheceu. — Em resposta, Luke pegou minha mão e a beijou, sorrindo de maneira reconfortante logo em seguida.

Eu tentei transparecer normalidade quando o carro chegou a um campo de pouso particular, e Luke me guiou a um helicóptero, que nos esperava. Tirei os cabelos do rosto e vi os homens de terno à minha frente. A hélice girava, criando uma pequena ventania.

— São seguranças — Luke informou, percebendo minha curiosidade. — Venha, suba.

— É tão longe assim? — perguntei, subindo a pequena escada.

Ele não me respondeu. Estava concentrado em me acomodar na poltrona. Ajudou-me com o cinto transpassado no peito. Em seguida, colocou um fone enorme em meus ouvidos e repetiu o processo com ele. Na frente, o piloto ia com mais dois homens.

— Vamos nos comunicar com isso. — Bateu o indicador no fone. — Tudo bem?

Assenti, ouvindo a voz dele no fone em meus ouvidos.

— Não é tão longe, mas a casa fica em um local alto, e essa é a melhor forma de chegarmos lá sem cansar você.

Ele estava fazendo tudo pensando em mim, no meu bem-estar. Era fácil gostar de Luke, eu percebia que seria fácil voltar a me apaixonar pelo meu marido. Tensa e curiosa, olhei pela janela enquanto o helicóptero levantava voo. A paisagem era incrível e, de repente, eu podia ver toda a cidade lá embaixo e, um pouco mais à frente, a copa das árvores.

Voamos por cerca de quinze minutos e, ao longe, pude ver uma propriedade enorme em uma encosta, ela era cercada por uma bela praia de areia alva e ondas do mar que batiam com calma nas pedras.

— Que lindo!

— Aquela grande janela é a suíte principal. — Ele apontou. — Se acordar cedo, poderá ver um lindo nascer do sol e eu correndo na areia.

Olhei nos olhos dele e sorri.

— Sei que deve ser uma ótima visão. — Voltei a fitar a vista. A casa era grande e muito bonita, mas, ao nos aproximarmos mais, pude perceber que parecia uma construção frígida.

O helicóptero pousou e Luke me ajudou a descer. Deu algumas instruções para o segurança, pegou minha mão e guiou-me para a entrada. A casa era clara e muito fresca. A brisa leve entrava por pontos específicos. Admirei as janelas enormes da sala que estavam abertas. O ambiente era dividido entre sala de jantar, de estar e cozinha. Era uma decoração intimista, nada muito frio como eu imaginei. Havia flores, vasos bonitos e móveis de madeira clara. Atrás do balcão estava uma mulher com um coque elegante, trajando roupas comportadas. Ela enxugou as mãos e veio até mim.

— Essa é Claudia, ela estará aqui para te ajudar no que precisar.

— Oh... — sussurrei. — Oi, Claudia.

— Oi, Lua, como você está?

— Bem. Muito bem. Desculpa... eu não me lembro de você...

— Ela já sabe o que houve — Luke interceptou. — Fique tranquila.

— Sim, desejo que você se recupere logo. Estou preparando o jantar, vocês poderiam tomar um banho e vestir algo mais informal.

— Ótima ideia. Irei mostrar a casa para Lua. Você amava esse lugar, mas hoje é como se fosse sua primeira vez, quero que se apaixone novamente.

Eu estava tímida e retraída enquanto ele me mostrava cada cantinho, que deveria ser muito familiar para mim. A enorme cama de casal deixou-me inquieta. Era quase intimidante. Tentei imaginar Luke e eu ali, era fácil criar imagens eróticas, mas falhei miseravelmente em sentir algo mais profundo.

— Tudo bem? — Por trás, Luke segurou meus ombros. Virei-me e estava perto do rosto dele.

— Sim. Tudo é estranho para mim, mas irei me acostumar.

— Sim, vai. Ah! Olhe só. — Ele andou até a cabeceira e pegou um porta-retrato cromado.

Uma foto! Meu Deus, esperei tanto para ver fotos.

Tomei o porta-retrato da mão dele e olhei. Nosso casamento. Luke me segurava nos braços enquanto me beijava.

Eu parecia diferente em meio a todo aquele branco do vestido. Havia algo que parecia não se encaixar. Porém, estávamos lindos e eu foquei nisso. O meu conto de fadas.

— Eu estava linda — sussurrei.

— Sim, estava. Maravilhosa. — Ele tomou o porta-retrato da minha mão e o colocou no lugar de antes. — Agora, vá tomar um bom banho para comermos algo, você deve estar faminta.

— Sim, um pouco.

Enquanto mergulhava na banheira, decidi que faria o possível para ser a mulher com quem Luke se casou. Eu tinha que resgatá-la, mesmo sem conseguir me lembrar.

12

SONHO DE PADARIA

LUKE

À NOITE, O MAR ERA TRISTE E SOMBRIO; TOMADO PELA ESCURIDÃO até onde os olhos alcançavam, e me causava calafrios. Em contrapartida, eu gostava de olhá-lo durante o dia, me acalmava, e essa era uma bela hipocrisia, afinal sei que deveria odiar toda essa imensidão de água, pois sua fúria levou uma parte de mim. Ele tirou minha alegria.

Se eu fechar os olhos, o som calmo das ondas contra as pedras me transportará para uma época em que meu coração ainda batia animado, otimista. O mar me traz saudade, e essa triste nostalgia não era o que eu precisava agora, lidando com Lua.

Eu a odeio. Isso é um fato.

No entanto, havia o disparate do destino em me afundar em uma séria contradição: eu odiava a outra Lua, a que tentou dar o golpe em meu pai. Esta, que estava comigo, era alguém inocente, como uma criança sem as maldades do mundo.

Eu não poderia machucá-la, mas também não deveria ser amigo dela. Como se uma presença me atraísse, olhei para trás e vi Lua me espiando pela janela. Olhei o mar uma última vez e caminhei de volta para a casa.

Lua estava no quarto. Sentada na cama, olhava com atenção o porta-retrato com a foto do meu casamento com Madalena. Assim como Lua, minha ex-esposa era ruiva e, na foto em questão, não se via muito o rosto da noiva enquanto me beijava.

Não era uma boa visão vê-la sentada na minha cama. Mas era melhor do que vê-la em minha casa ou na de meu pai.

—Tudo bem? — Sentando ao lado dela, me esforcei para parecer amigável.

— Eu tento lembrar de algo... — Ela olhou para mim. — Queria ver mais fotos.

—Vai ter a oportunidade de ver, mas hoje você precisa descansar.

Em meio ao silêncio, ela olhava fixamente a foto e eu emergia em um mar de contradições ao lado dela. Com raiva, mas inebriado pelo seu cheiro.

— Você não está feliz? — Levantou os olhos para mim.

— Por que pergunta isso?

— Não falou nada durante o jantar e depois simplesmente saiu, sozinho... Se eu estiver incomodando...

— Não fale isso. São só preocupações comuns.

— Entendo. — Ela olhou a foto mais uma vez e levantou-se para colocá-la no lugar. — Luke.

— Diga.

— Onde estão meus pais? Você me enrolou demais sobre esse assunto.

— Lua... não é algo agradável...

Eu não sabia o que e como dizer, a vida de Lua era um completo fracasso antes de conhecer meu pai.

— Estão mortos? — pressionou.

— O que acha de irmos dormir e amanhã eu te conto tudo?

— Queria apenas algo a que me agarrar. Eu estou no escuro o tempo todo e isso é aflitivo.

Olhei-a durante alguns segundos. Definitivamente, não era a antiga golpista. Abraçando o próprio corpo e com o semblante triste, Lua conseguia espetar meu coração continuamente.

— Tudo bem — falei. Andei até ela e, da forma menos traumática, revelei: — Sua mãe faleceu há alguns anos. Eu não a conheci.

— Nossa — balbuciou, e eu esperei ela digerir a informação.

— Você só tinha o seu pai.

— E onde ele está?

— Ele se envolveu em roubos e está preso.

Na verdade, o pai dela havia se envolvido com muito mais, porém ela não precisava saber esse detalhe.

— Eu era sozinha. — Não foi uma pergunta, foi uma constatação.

— Você tinha a mim, Lua.

— Era suficiente para mim? Apenas nosso amor?

— Sim. Éramos suficientes.

Ela tentou sorrir, mas falhou. Assentiu, calada, e trancou-se dentro de si, com pensamentos e reflexões que decidiu não compartilhar. E eu não a pressionei para que falasse.

— Venha, vamos dormir. O dia foi cansativo.

Ela não contestou. Foi ao banheiro e, quando voltou, eu tinha escolhido uma das camisolas que mandei comprar junto com as roupas para ela vestir e para abastecer o armário.

— Eu comprei algumas peças confortáveis e leves para você. Pode se trocar. Preciso fazer uma ligação, volto em instantes.

— Obrigada.

Na sala, eu falava baixo com Murilo ao celular.

— Ela parece estável. Não tem risco de surtar.

— Fique de olho nela, para caso comece a se lembrar — ele advertiu. — Como será a primeira noite juntos?

— Normal. Eu não vou tocar nela, não estou aqui para criar laços, você sabe.

— De qualquer forma, vale a pena se arriscar. Ela não é uma mulher qualquer. É um mulherão. Qualquer um babaria por ela.

Olhei meu punho fechado, me surpreendendo pela sensação de incômodo que tomou meu corpo ao ouvir ele falando isso.

— Preciso desligar, nos falamos depois.

— Os papéis estão quase prontos. Deixo na sua sala depois.

— Ótimo.

Desliguei e sentei-me no sofá, segurando a cabeça nas mãos. Tanta coisa tinha acontecido nos últimos dias e agora essa sensação incômoda ao ouvir um homem elogiar Lua. Eu só podia estar ficando louco.

Levantei os olhos e vi Madalena no corredor, vestindo sua camisola vermelha com os belos cabelos ruivos soltos em cascatas.

Ela gargalhava. Ria da minha amargura. Sua risada era debochada e estrondosa. Madalena era cruel às vezes.

Fechei os olhos, massageei as pálpebras e, quando os abri novamente, era Lua, parada a passos de distância.

— Só preciso de um pouco de água para tomar o remédio que o médico receitou.

— Ah, sim. Venha comigo até a cozinha.

———•———

LUA TOMOU O COMPRIMIDO E VOLTAMOS JUNTOS PARA O QUARTO. Ela se deitou, totalmente alerta, olhando para todos os lados do quarto e fazendo o possível para não me encarar. Vesti apenas uma calça de flanela e, quando saí do banheiro, a vi puxar um pouquinho o lençol contra o peito.

Ela estava amedrontada; não comigo, mas pela situação em geral.

— Prefere que eu durma na sala?

— Não! Fique.

— Gostaria de deixar a luz acesa?

— Apenas uma luminária.

Acendi um pequeno abajur sobre um aparador, apaguei a luz do quarto e me deitei ao lado dela. Virei-me, apoiando a cabeça no cotovelo, observando-a.

— Tente respirar fundo e relaxar. Apesar de parecer estranho, este lugar era familiar e você gostava daqui. — Minha consciência pesou ao mentir, porém prossegui. — E eu sou seu marido, estamos juntos nessa.

Lua não respondeu, apenas virou-se de lado, encolhida, com o rosto bem próximo ao meu braço. Eu beijei seus cabelos e a abracei. A mulher audaciosa que conheci agora era uma ovelhinha. E eu, seu lobo mau.

———•———

O SOL ESTAVA NASCENDO NO HORIZONTE, POR TRÁS DAS MONTA-nhas, enquanto o mar calmo ia e vinha em um belo ritmo preguiçoso. Minhas passadas rápidas batiam na areia. Era minha segunda volta na corrida matutina. Na minha mente, as lembranças da noite que passei ao lado de Lua explodiam, e o fato de ter gostado do contato dela em meus braços me assombrava.

Fazia tempo que eu não tinha essa sensação de realidade, de rotina comum. Era sempre a empresa, desde que Madalena...

— Oi. — Ouvi ao meu lado e dei um pulo parando de correr ao ver Lua, sorridente e ofegante com roupa de ginástica.

— Lua?

— Uau. Você é muito rápido. Mas compreendo, olha o tamanho dessas pernas. — Apontou minhas pernas.

— O que está fazendo?

— Eu acordei e vi você se alongando aqui na praia. Encontrei essa roupa no closet, espero que seja para mim. — Ela estava ficando nervosa, mordeu o lábio e encolheu os ombros. — Merda, você odiou me ver aqui, não é?

— Não. Não é isso. Você ainda está recuperando, não sei se deve correr. — Na verdade, minha perplexidade era pelos saltos inoportunos que meu coração deu ao vê-la radiante e bela.

Ela parecia uma miragem perfeita, pronta para devoção contra a luz dos primeiros raios de sol. Ela era tão simples e tão bela.

— Ah, certo. Tem razão. Eu... vou voltar. — Ela virou-se rápido para partir, mas segurei seu braço.

— Espera! — Que merda, Luke, deixe-a ir. Quanto maior a distância, melhor. — Podemos caminhar. Se você quiser. — Puta merda! Eu era muito canalha.

— É uma boa ideia. — Sorriu. — Eu estou tentando resgatar a Lua de antes, mas não sei se ela acordava cedo para se exercitar...

— É...

O silêncio pairou entre nós. Eu a encarando e ela me fitando de volta, como se esperasse uma resposta.

— Eu acordava? — Frisou, esperando mesmo por uma resposta.

— S... sim... — eu acho.

Comecei a andar e ela postou-se ao meu lado, saltitando feliz pela areia.

— Você é tão alto — comentou. — E gosto da sua cor.

Olhei para ela.

— Minha cor?

— Sim. Me vem sonho de padaria na mente.

Olhei meu braço. Não puxei o lado branco e loiro de Beatriz e, sim, o pardo de meu pai.

— Como eu era? — questionou, antes de eu digerir a história do sonho de padaria. — Eu era sua esposa riquíssima, elegante e meio... arrogante?

— Não. Você nunca foi assim. Você era comum. — Pensei na mulher que conheci no bar. Aquela que me atraiu de imediato e que parecia tão genuína e feliz, mesmo sendo pobre e mal tendo dinheiro para pagar um café. — Você era um pouco desastrada. — Lembrei da queda dela aos meus pés, vestida de Mamãe Noel. — E eu acho que foi justamente isso que me atraiu. Você era um sopro de normalidade no meu mundo robótico. — Parei de andar e percebi catatônico que

Lua era como a lua, o astro nos céus. Tinha várias fases ou faces. A jovem humana do bar, a sexy ousada do motel, a trambiqueira noiva do meu pai...

— Palavras bonitas — ela falou — Que bom que eu não derrubei café quente em você. — Ela riu. — Ou teria me odiado.

— Certamente. — Sorri de volta. — Sou impiedoso quando se trata de manchar minha roupa.

Ela gargalhou. Seus olhos verdes pareciam mais brilhantes.

Qual face de Lua eu odiava mais?

O medo maior, porém, era pensar que eu poderia me apaixonar por uma de suas faces... ou por todas elas.

13

O MEU MARIDO

LUA

QUANTO TEMPO O SER HUMANO LEVA PARA SE ADAPTAR A UM ambiente novo? E quanto tempo leva para confiar e se sentir seguro naquela vida completamente nova? Eu estava me acostumando a ter aquele homem por perto. Luke me trazia segurança e sensação de familiaridade. Era gentil e cuidava de mim. Não demorou muito para que eu me agarrasse a ele como minha única tábua de salvação. Era como estar em um poço escuro e vazio e ele ser a única corda que poderia me tirar de lá.

A caminhada na praia foi boa. Luke me contou sobre os navios e era perceptível como sua empresa era mais que uma paixão, era um refúgio. Também notei que ele parecia ter uma intimidade dolorosa com o mar. Vendo-o observar as águas, eu conseguia perceber um contraste de adoração e revolta em seus olhos.

— Por que começou a criar navios? — questionei enquanto víamos o sol nascer, pintando as águas de dourado.

— O mar me deu todos os motivos. — Ele não olhou para mim em sua resposta curta.

Aquele era um assunto que ele se recusava a aprofundar e eu respeitei. Com certeza, antes de perder a memória, eu conhecia tudo sobre meu marido. Conhecia seus medos e suas dores. Sabia como lhe deixar feliz, e eu me perguntava se poderia voltar a dar a Luke o que ele precisava.

— Como aconteceu mesmo o meu acidente? — perguntei, ainda parada ao lado de Luke, assistindo ao nascer do sol.

— Você estava sozinha, se descontrolou... — Olhou para mim. — Vamos voltar. Claudia já deve ter servido o café.

Caminhamos em direção à casa; quando chegamos à porta, ele parou e me fitou.

— Querida, o Murilo me ligou ontem e disse que você vai precisar assinar uns documentos.

— Sobre o quê?

— Apenas sobre o seguro do acidente. Coisa boba. Ele vai trazer hoje à tarde ou amanhã. Tudo bem para você?

— Claro, acho que ainda me lembro da minha assinatura. — Sorri.

— Ótimo. — Ele levantou a mão, tocou no meu queixo e entrou em casa. Eu o segui.

A MESA COM O CAFÉ DA MANHÃ ESTAVA POSTA NA VARANDA lateral da casa. Dali, tinha uma bela visão do ambiente em volta, e o ar era muito agradável. Eu devia mesmo gostar desse lugar, era um paraíso. Olhei para o suco que escolhi e depois tentei decidir o que comer. Tinha muitas opções e optei por um pouquinho de cada para descobrir qual o meu favorito. Escolhi um bolo amarelo, de cenoura, aparentemente.

Minutos depois, Luke chegou; ele estava no banho. Não consegui ser indiferente, pois ele sempre me atraía. Ele sentou-se à mesa e serviu-se de café. Notei que não colocou açúcar. A xícara fumegava e o cheiro era delicioso.

— Acho que vou deixar o suco de lado, quero um pouco de café — falei.

— Está muito bom. A Claudia faz o melhor café. — Ele me passou o bule e, naquele instante, tive um flash de lembrança. Eu estava em um bar ao lado de Luke e havia uma xícara de café à minha frente. Eu estava toda molhada e com frio. Assustada com a lembrança, deixei o bule cair e, mesmo com minha tentativa de apará-lo, ele espatifou, acertando minha mão.

— Merda! — Dei um pulo e fiquei de pé, segurando a mão ferida e queimada. — Droga, sou muito desastrada.

— Tudo bem, venha aqui, rápido. — Luke me puxou e arrastou-me para dentro da casa. Claudia estava na cozinha e ele atravessou a sala, me levando ao banheiro. Abriu a torneira e segurou minha mão embaixo. Havia sangue, tinha cortado.

Luke analisou o ferimento.

— Foi superficial, mas se você quiser ir ao hospital...

— Não precisa. — Olhei o corte na palma. — Logo sara.

— Mantenha debaixo d'água um pouco, para aliviar o ardor da queimadura. Vou ver se tem algo para o ferimento.

Eu olhava a água cair na minha mão, aliviando um pouco o ardor. Forcei minha mente para me dar mais lembranças. Era inútil. Ao menos eu sabia que Luke dizia a verdade, me lembrei da gente no bar, assim como ele contou.

E ninguém poderia imaginar como fiquei feliz com isso.

Enquanto ele cuidava da minha mão, fitei seu semblante sério. As sobrancelhas grossas, o queixo quadrado forrado por uma barba bem aparada. Seus cabelos eram pretos e baixos, parecia que ele apenas passava uma máquina de cortar, deixando tudo nivelado. Mesmo assim, ele tinha uma aparência elegante e sexy, digna de um poderoso CEO.

— Eu tive uma lembrança — sussurrei, e ele levantou os olhos, alarmado, sem conseguir disfarçar seu choque.

— Como é?

— Por isso derrubei o bule. Eu tive um flashback rápido.

— Sério? — Aprumou o corpo e fitou meus olhos. — E de que se lembrou?

— Aparentemente nosso primeiro encontro. Você e eu no bar. Eu de Mamãe Noel, molhada, com frio, uma xícara de café à minha frente.

Então, Luke sorriu.

— Sim, você pediu algo quente. Que bom que suas lembranças estão voltando. Tenho certeza de que logo terá sua vida de volta. — Ele parecia realmente aliviado.

— Nós teremos.

Ele passou uma pomada para queimaduras na minha mão e decidiu não enfaixar, pois, segundo ele, queimaduras não saram tão rápido se estiverem cobertas.

Voltamos para a mesa e Claudia me serviu um novo café. Ela já tinha limpado toda a bagunça e deu uma olhada na minha mão, conferindo se Luke tinha feito um bom trabalho.

— Eu vou ficar bem. — A tranquilizei. Quando ela se afastou e eu olhei para frente, Luke me encarava, e seu maxilar parecia tensionado.

— Eu vou precisar dar um pulinho no porto onde tem um navio em construção. — Ele ficou em pé. — Ligarei confirmando se vou almoçar aqui.

Assenti, surpresa com a sensação de solidão que me atingiu. Ele se afastou rapidamente e sumiu no corredor em direção ao quarto.

Caramba, Lua. Que espécie de lutadora é você que simplesmente vai ficar na defensiva? Vai ficar sentada na plateia vendo o tempo passar?, meu inconsciente me questionou. Eu estava passando por um momento delicado, minha mente era vazia e meu marido me parecia um estranho. Um estranho agindo estranhamente.

Ele estaria se distanciando? Eu não era mais quem ele amou?

Fiquei em pé quando Luke voltava do quarto. Eu estava de olhos saltados, encarando-o, e, por isso, ele se deteve parando e me encarando de volta. Eu tinha que recuperar a minha vida, e Luke era o único fio condutor capaz de me ajudar.

— O que houve? — ele questionou.

— Quero ir com você — falei, sem pensar. — Quero conhecer a montagem de um navio. Por favor.

A boca dele entreabriu, sem fala. Luke foi pego desprevenido. Passou a mão na cabeça, pensou um pouco e eu insisti:

— Por favor, já estou bem. Prometo ficar quietinha. Só... quero sair um pouco... — *E ficar ao seu lado*, completei em pensamento.

— Tudo bem — assentiu. — Eu te levo. Quer trocar de roupa?

— Claro. — Sorri, dando uns pulinhos e saí correndo em direção ao quarto.

O LUGAR ERA IMENSO E FOMOS DE HELICÓPTERO. LUKE HAVIA comentado que para sair e chegar à casa de praia era melhor um helicóptero, assim evitávamos pegar a estrada principal que demoraria mais.

Ele apertava firme minha mão enquanto andávamos em direção ao porto que pertencia à empresa dele. River Naval. Li uma placa enorme e estatelei. Era um nome familiar e me causou breve extasia. Mas é claro que sim, era o nome da empresa do meu marido. Minha mente estava mesmo lutando para resgatar minhas memórias.

— Senhor Luke — alguém gritou, acenando para ele.

Havia seguranças por toda parte e faziam movimentos sincronizados conforme Luke avançava. Ele era um homem que emanava poder em cada passo que dava. Seu semblante duro e os óculos escuros o deixavam quase impiedoso. E a mãozona segurando a minha. Era o meu marido. Eu me flagrei orgulhosa.

— Henrique. — Luke se aproximou do homem que acenou para ele. — Este é Henrique, meu gerente de produção — ele sussurrou para mim.

— Oi — cumprimentei.

— Bom dia, senhorita — respondeu Henrique, sendo cortês, mas não o suficiente para não me chamar de senhorita.

Observei, para meu espanto, que Luke dirigiu um olhar repreensivo ao seu funcionário que não tirou os olhos de mim.

— Pode me dizer de uma vez por todas o que houve, Henrique? — Foi meio rude.

— Ah, sim. Um contratempo na produção. Parece que as medidas que você passou não estão totalmente corretas e há um espaço não encaixado na proa. Venha ver.

— Mais essa agora... — bufou e seguiu Henrique, mas sem se esquecer de mim, pois me puxou com ele.

Colocamos capacete e colete de proteção e entramos no imenso navio em construção.

— Se quiser, pode ir dar uma olhada por aí — falou comigo. — Só tome cuidado.

Eu sabia que ele estava me poupando de assuntos tediosos da construção.

— Tudo bem. — Observei ele se afastar, indo na direção do problema. Luke parecia mais exaltado que o normal.

Olhei o ambiente e dei alguns passos, observando a engenhosidade que estava em volta. Luke havia desenhado tudo isso? Cada pequeno detalhe? Ele era um gênio.

Estávamos no que era chamado proa, a frente do navio, e era evidente que se tratava de uma embarcação de luxo. Subi alguns degraus e dei de cara com pessoas trabalhando. Havia uma piscina circular no meio e imaginei pessoas ricas ali, tomando banho ao ar livre, em um cruzeiro, viajando por algum lugar exótico.

Quantas imagens de viagem com meu marido minha mente havia perdido? Por mais que eu tentasse, nada sobre navios e viagens marítimas vinham em minha mente e isso era revoltante.

— Oi, precisa de ajuda? — Ouvi uma voz e me virei. Era uma mulher com uma roupa que não condizia com o ambiente. Usava saltos, blusa de seda e calça social. Na cabeça, um capacete de proteção como o que eu usava.

— Ah... não. Só estou acompanhando meu marido.

— Marido? — Franziu o cenho.

— Você trabalha para ele? — questionei imediatamente, sem saber como puxar assunto.

— Eu sou supervisora de montagem e você precisa sair daqui. Disse que veio com quem?

Eu estava perturbada por ela não reconhecer a esposa do dono de tudo isso. Engoli em seco.

— Meu marido — falei —, Luke.

— Luke? — Ela sorriu incrédula e me olhou de cima. — Luke Ventura? Seu marido?

— Exatamente. — Ergui meu queixo.

Ela estava prestes a falar algo quando ouvi:

— Vamos? — Senti um toque no meu cotovelo e me virei. Sorri para Luke, mesmo ele não retribuindo. Ele parecia tenso olhando para a mulher.

— Oi, Katia.

— Oi, Luke. Henrique te mostrou o problema?

— Sim, já conversei com ele. Tem algo mais que precise da minha assistência?

— Não, está liberado por hoje.

— Tudo certo? — perguntei, estranhando o fato de ele ter ignorado completamente que eu estava diante de uma desconhecida e ele não nos apresentou.

— Sim, já está resolvido. — Olhou para a mulher. — Até mais, Katia. — E saiu me puxando, apertando minha mão com força.

— Aquela mulher não me conhecia?

— Não — reguiu, enquanto me fazia acompanhar suas passadas rápidas.

— Não? E você não fez questão de me apresentar a ela?

— Você fazia? — Tripudiou, sem nem olhar para mim. Freei os passos, obrigando-o a parar também.

— Por que está sendo rude? Quem é aquela mulher?

— Ninguém, Lua. — Revirou os olhos. — Ou melhor, é minha funcionária. Eu não preciso te apresentar a toda equipe de construção, pelo amor de Deus. Vamos. — Me puxou de novo.

— Não! — me impus. — Isso é muito cômodo para você, que pode inventar qualquer coisa e eu não saberei, pois estou sem memória.

— Não estou inventando nada, pare de dar chilique.

— Chilique?

— Não quis dizer isso. Eu só...

— Se não há problema, me apresente a ela. — Cruzei meus braços.

— Mas que porra, Lua! — berrou, chamando atenção de alguns homens que passavam carregando material. — Eu não vou interromper a Katia no expediente dela só para afagar seu ego...

— Ego? Eu estou em um vazio sem respostas e você chama isso de ego? Qual o seu problema?

— Vamos embora.

— Não vou. Por que ela desdenhou quando falei que sou sua esposa?

Ele olhou para o carro bem próximo e fez um sinal para um segurança que abriu a porta. Luke veio até mim, abraçou minhas pernas e me jogou sobre seu ombro.

— Um caralho que você vai mandar em mim, Lua Maria. Um caralho!

— Me larga! — Por mais que eu berrasse, era inútil.

Ele me jogou dentro do carro. Rastejei para abrir a outra porta e sair, mas Luke segurou minhas pernas e fez sinal para o motorista dar a partida. Bruscamente, ele me puxou e afivelou meu cinto, segurando firme meu queixo.

— Estou tentando ser bonzinho com você o tempo todo, não queira me ver bravo.

— Eu posso não me lembrar, mas não tenho medo de você, querido — respondi no mesmo tom e empurrei a mão dele.

Eu estava com muita raiva, querendo dar uma lição em Luke. Isso não poderia ficar assim. Foi então que, de repente, comecei a me perguntar se ele me contou apenas verdades.

14

SEDUZIR PARA ACALMAR

LUKE

— **VÁ DESCANSAR — GRITEI, ENQUANTO OLHAVA LUA ENTRAR** brava em casa. — Se precisar, só me chamar — ironizei em seguida.

Sem olhar para trás, ela me mostrou o dedo do meio.

— O.k. — Sorri.

Saquei o celular do bolso e me afastei da entrada da casa enquanto tentava falar com Murilo. Ele atendeu e eu descarreguei em cima dele. Contei tudo. Era mesmo a porra do meu ombro amigo, o único que me entendia e podia confiar.

— Mas que merda, Luke! Você leva a mulher para um lugar isolado e em vez de conquistar a confiança dela está procurando confusão?

— Você me conhece. — Chutei um montinho de areia.

Eu era esse cara esquentado, ainda mais depois do que sofri com Madalena, não sobrou espaço para pacifismo.

— Você tem que se controlar. Vá atrás dela, peça desculpas.

— Ela não quer me ver nem pintado de ouro.

— Você é adulto, encontrará um jeito. Além do mais, agora com a mão ferrada, ela não poderá assinar nada.

— Que merda de azar.

— É o destino, parceiro. Preciso ir, tenho uma audiência agora.

— Desligou e eu suspirei ainda mais revoltado.

Era difícil conciliar essa bomba dentro de mim, causada por Lua Maria. Atração com revolta. Eu queria fazer mal a ela, mas também queria me enterrar profundamente em seu corpo e fazê-la gritar de tesão, do qual nunca mais iria se esquecer. Eu torcia para que tudo não passasse de atração.

Decidido, subi direto para o quarto. Quando entrei, ela estava andando de um lado para o outro, irritada. O momento era esse, todo mundo de sangue quente.

— Que tipo de marido você era? — gritou.

— Do tipo bom — falei.

Sentei e tirei os sapatos com tranquilidade.

— Bom? Considera bom o que fez? Que tipo de bom é esse?

— O tipo bom que te colocava para gritar. — Arranquei minha camisa, fazendo os botões voarem e a puxei para mim. Minha atitude a deixou surpresa e, sem tempo de revidar, a empurrei para cama. Segurei suas mãos acima da cabeça e sussurrei: — Do tipo bom para cacete!

Abocanhei os lábios dela em um beijo guloso. Lua estava arfante e não protestou diante do beijo. Senti seu gosto e tudo em mim tornou-se fogo, como se estivesse ganhando vida depois de adormecido. A mesma sensação que senti no motel naquela noite.

Eu estava jogando, entretanto só daria o próximo passo se ela me desse permissão, mesmo sem saber que estava se abrindo para o seu inimigo. Afastei o beijo, nossos olhares cravados. Soltei suas mãos e ela não se mexeu; parecia assustada e indecisa. Passou os olhos pelo meu peito, notavelmente ainda brava, mas vislumbrei a excitação lhe tomando os seios, transparecendo pelo tecido da roupa.

— Bom, tipo sonho de padaria — sussurrei, e vestígios de sorriso tomaram conta de seus lábios. O olhar era puro desejo.

— Sexo não vai tirar a raiva que estou sentindo de você.

— Se quiser, pode me xingar enquanto eu puxo seus cabelos — falei e voltei a beijar seus lábios entreabertos, ofegantes.

Não era um sacrifício transar com Lua, era um prêmio. Bastou tocar sua pele para todo meu corpo se animar. Em um segundo, já estava duro, estourando dentro da calça. Seria preciso ter calma, era a primeira vez dela depois de perder a memória, teria de ser marcante, queria que Lua aproveitasse tanto quanto eu.

Estava com saudade genuína do corpo dela, por isso aproveitei cada instante. Mesmo com a combustão de tesão me deixando ofegante, fui com calma. Beijei cada uma de suas pernas e arranquei sua calcinha com delicadeza — se fosse a antiga Lua, teria preferido que eu a rasgasse.

Quando segurei suas pernas e dei-lhe o primeiro beijo na sua maciez pulsante, ela soltou um gemido que me fez lembrar da nossa primeira vez, e isso arrancou um sorriso de mim.

Ela enroscou as mãos nos lençóis, elevou os quadris da cama, mexeu-se aflita conforme o prazer lhe tomava. E, quando enfim explodiu, vi seus olhos brilhando de uma alegria voraz que só um tesão poderia dar.

Tirei minha calça e procurei nas gavetas um preservativo. Não tinha, pois não havia me preparado para isso.

— O quê...

— Preciso encontrar um preservativo — falei.

— Por quê? Estamos evitando...? — perguntou, intrigada.

Havia me esquecido, Lua achava que éramos casados. Eu não poderia perder a chance, então fui sem camisinha mesmo. Eu a puxei para a beira da cama, empurrei seus joelhos e gemi rouco quando toquei em sua entrada úmida. Deslizei de uma vez e Lua mordeu o lábio, degustando o momento. Era uma provocação involuntária, mas não resisti. Curvei-me para cima dela e beijei sua boca sem parar de me aprofundar, tirar e tornar a chegar tão fundo que poderíamos ficar sem ar.

Puxei-a para agarrar-se em meu corpo e a abracei fortemente, enquanto entrava e saia em um ritmo torturante. Enrosquei a mão em seus cabelos, levantando um pouco o rosto dela, e ataquei os lábios rosados e entreabertos. Lua se agarrava a mim, afoita, enquanto eu a preenchia loucamente, sem parar de me mover, mantendo nossos corpos colados e quentes. E não lhe dei trégua, nem ela queria.

Lua agarrou-me com paixão, puxando meu corpo com fúria. Mordeu meu lábio, arranhou meus ombros e gritou, revirando os olhos a cada vez que eu lhe tocava fundo. O aperto úmido e quente dela em volta de mim estava acabando comigo, meu gozo chegando com potência. Mas eu queria esperá-la. E assim que ela começou a gemer mais alto e se balançar, lhe segurei firmemente e bati rápido e profundamente minha pélvis contra a dela. Lua tocou o clímax de uma maneira bela. Ela era linda quando estava em êxtase... Enfim deixei-me libertar em poderosas explosões dentro dela.

———•———

NÃO ERA O MOMENTO DE TER UMA CRISE EXISTENCIAL. EU ESTAVA suado, com a respiração rápida, deitado nu ao lado de Lua. O sexo tinha sido uma perfeita onda de sensações e, por causa disso, as reflexões ameaçavam me tomar. Não era para eu gostar tanto, não era para ferrar meus sentimentos em uma transa que deveria ser vazia e mecânica.

— Sempre fazia isso?

— Isso o quê? — Olhei para Lua ao meu lado. A mão dela estava parada no ar e seus olhos cravados na aliança.

— Usar o sexo para interromper uma briga.

— A gente não brigava tanto. Está arrependida?

Ela precisou de bons segundos para olhar-me por completo. Fez uma pausa no meu pênis relaxado e voltou a me fitar com os lábios rapidamente puxados para cima.

— Claro que não. Você é meu marido, só estava curiosa para saber como era.

Isso deveria pesar em minha consciência, mas não aconteceu. Rolei para cima dela, cobrindo seu corpo com o meu. Nossos rostos bem próximos. Lua abraçou-me de prontidão. Passou as mãos pelas minhas costelas e costas, percorrendo sem pressa pelo meu traseiro.

— É precoce pedir um comentário sobre sua avaliação? — indaguei. — Ou vai precisar repetir para ter certeza?

— É inegável que você sabe o que faz e sabe muito bem usar seu corpo, mas ainda estou com raiva de você.

— Ainda?

— O que tentou acobertar, Luke? — Agora ela falava sério.

Pense rápido, cara. Pense...

— Antes de te conhecer, eu tive um caso com a Katia.

Menti. Nunca tive nada com Katia. Eu estava me portando como a porra de um bom ator que sabia como manipular. Os olhos de Lua saltaram ao ouvir minha frase sussurrada.

— Eu só não queria criar um clima, ela sabe ser maldosa e poderia ser má com você.

— Por isso o olhar esnobe... Ela ainda gosta de você.

— Mas ela precisa entender que é apenas minha subordinada e eu sou casado. — Levantei minha mão, mostrando a aliança, e isso deixou Lua radiante.

Mulheres gostam de se sentirem no poder, como se eu estivesse dizendo que ela é minha dona. Lua sorriu, como imaginei que faria. Ela acabava de me perdoar e estava novamente suscetível às minhas vontades.

— Da próxima vez, não ouse me pegar daquela forma — advertiu de forma divertida. Gostei de ver suas covinhas por causa do sorriso.

— Ou vai fazer o quê? — Puxei o lábio dela com meus dentes.

— Saberei encontrar as armas certas.

— Certo. Agora, eu quem vou usar as armas certas. — Saí de cima dela, puxei-a pelo tornozelo e Lua emitiu um gritinho feliz. Trouxe-a para a beira da cama e a puxei para mim.

—Trave as pernas na minha cintura — pedi, e ela fez de imediato, enlaçando os braços em meu pescoço.

—Para onde estamos indo?

—Vou te mostrar como era gostoso transar no box do banheiro. Você de pé, eu bombando sem parar atrás e suas pernas perdendo o equilíbrio deliciosamente. Não tem sensação melhor.

ENQUANTO DIRIGIA, RELEMBRAVA MOMENTOS LOGO DEPOIS DO nosso banho. Lua estava no meio da cama, com uma toalha enrolada nos cabelos e vestindo um roupão. A água quente deixava seu rosto corado e acentuava as sardas. Sua beleza ao natural fazia estragos em meu coração que até ontem era uma barra de ferro incapaz de se abalar por pequenas coisas.

Entre nós, no meio da cama, várias fotos que Murilo havia conseguido editar. Olhei cada uma delas antes e estavam perfeitas.

— São apenas algumas — falei. — As outras estão em nossa casa, você terá tempo de vê-las.

Ela nem olhava para mim. Estava estática, com um sorriso de surpresa enquanto analisava uma foto.

— Eu me formei? — indagou.

Madalena tinha se formado em Administração. Como as duas eram ruivas, foi bem mais fácil a edição. Todos aqueles momentos eram passagens da vida da minha ex-esposa.

— Sim.

— Meu cabelo era lindo.

— Ainda é — elogiei. Gostava bem mais dos cabelos de Lua.

Buzinas altas me fizeram deixar as lembranças de lado e voltar ao trânsito. O semáforo estava verde. Arranquei com o carro.

Sim, eu gostava muito dos cabelos dela. Noventa por cento dos meus pensamentos eram sobre Lua e decidi tolerá-los, afinal, depois do sexo, eu não conseguia ter outra coisa em mente. Tinha sido muito gostoso.

Na verdade, foi como tocar a pontinha do sétimo céu. O sétimo céu onde Lua estava. Não me questionei ou me culpei por ter gostado e, pior ainda, por querer repetir. Eu poderia manter a encenação tendo a companhia dela em minha cama.

Ao chegar à empresa, joguei a chave do carro para um funcionário estacioná-lo.

— Cuidado! — adverti e entrei, ciente dos olhares que sempre me seguiam.

Eu era como imã que atraía pessoas, de temor a adoração, e sabia usar isso para meus propósitos; era algo que meu pai não cansava de criticar, ele dizia que eu via pessoas como pontes que me levavam ao meu objetivo. Isso não procedia. Aprendi a ser frio com as pessoas, a vida me fez assim, não conseguia criar laços. De todos, apenas Murilo conseguia chegar perto.

Na minha sala, enquanto retirava o paletó, ouvia Bernadete falar sobre minha agenda lotada. Eu odiava deixar assuntos acumulados.

Havia contratos e cronogramas para cumprir, arregacei as mangas da camisa. Era hora de ativar o modo CEO implacável.

———•———

— ESSA É A SEGUNDA VEZ QUE VEJO VOCÊ SORRIR EM UMA semana. Antes, isso era considerado um evento anual. — Murilo andou pela minha sala, tomando um pouco de uísque e observando minha coleção de quadros, enquanto eu arrumava uma papelada.

— Não ferra. — Soprei, comprimindo os lábios para me certificar de que não seria flagrado sorrindo.

Eu sei, era uma grande idiotice não demonstrar sensibilidade ou fraqueza para outros homens. Mas como parecia ser uma lei da vida, eu só seguia.

— Não é uma crítica. Seja lá o que você pretende fazer com essa pobre coitada, isso está te fazendo bem. Pergunte ao Michael Myers como ele dormia feliz após assassinar umas babás.

— Bela comparação. — Terminei de arrumar a papelada e peguei meu paletó para vestir. — Lua pode não se lembrar agora, mas nunca foi uma pobre coitada. Ela era uma lutadora, uma sobrevivente. — Lembrei das próprias palavras dela na ceia.

— Percebi. — Ele colocou o copo vazio de uísque no pequeno aparador. — Ela conseguiu te tirar do sério, mas... Então, você tem notícias das investigações sobre o acidente?

Saímos juntos da sala. Passei na mesa de Bernadete e deixei uma pasta.

— Peça ao setor de contabilidade para rever esses números. Fiz algumas marcações.

— Farei isso, Luke. Aqui está sua chave. — Me entregou as chaves do carro. — Até amanhã.

— Até mais.

No elevador, retomei o assunto com Murilo.

— O delegado me ligou um pouco mais cedo. Não há vestígios de sabotagem, parece que o freio arrebentou.

— É estranho para um carro novo. Você confia?

— Não. Farei uma investigação por fora. Ele disse para eu ir à delegacia buscar alguns pertences recuperados no acidente, só quero concluir isso depressa. Preciso enterrar meu pai de uma vez por todas.

— Quer sair para tomar alguma coisa? — Murilo ofereceu. — Estou sem acompanhante esses dias e posso incluir você na minha agenda. — Era um convite sincero, sem deixar de lado o tom debochado.

— Fico lisonjeado, mas já tenho compromisso em casa.

— Ótimo, levei um fora do grande Luke Ventura. Agora sei o que suas ex sentiram. — Eu quase ri, mas suprimi.

Deus me livre de ser acusado de estar sorrindo para os quatro cantos. As portas do elevador abriram e saímos no estacionamento.

Caminhamos juntos, Murilo acionou a chave e seu carro apitou do outro lado; fiz o mesmo com o meu, mas, antes de chegar até ele, dois homens vieram ao meu encontro e me pararam. Eu era bem alto, porém o cara que me jogou contra uma coluna era muito maior.

— Onde está a garota? — Senti um cano frio pressionado em minha bochecha.

— Que... garota?

— Lua Maria. Onde ela está?

Corajosamente, virei o rosto e o olhei. Nunca tinha visto o sujeito.

— Quem é você e o que quer com ela? — Contestei, sem dar qualquer informação.

— Você não pergunta nada aqui, playboy, só responde. Onde ela está?

— Ei! Vocês aí! — Era Murilo, correndo na companhia dos seguranças, ele tinha ido chamá-los.

— Ela sabe muito bem quem sou eu. Fique esperto, nós voltaremos a te procurar. — Ele me soltou e correu, desaparecendo com o colega pela rampa de acesso à rua. Os seguranças correram atrás.

— Está tudo bem? — Murilo questionou, olhos saltados, denotando sua preocupação e susto.

— Sim...

— O que eles queriam? Te roubaram?

— Não. Queriam a Lua. Pelo amor de Deus, em que ela se meteu?

15

GOSTANDO DO INIMIGO

A PARTIR DAQUELE MOMENTO, ESCONDER LUA ERA UMA NECES- sidade maior. O que ela tinha aprontado antes de perder a memória para aqueles brutamontes estarem em sua cola? Eu poderia esperar ela se lembrar ou descobrir por conta própria. Escolhi a segunda opção. Murilo ia encontrar um bom detetive para vasculharmos a vida de Lua. Meus nervos ainda sacudiam de tensão pelo momento que passei. Não por medo, mas pelo susto e depois pela cisma.

Cheguei de volta à casa de praia, que era segura e de difícil acesso. A única estrada que levava à residência era privada ou poderia chegar de helicóptero. Por causa disso, eu estava despreocupado.

Lua estava na cozinha com Claudia. Joguei minhas coisas no sofá e segui para lá, flagrando-me genuinamente feliz e aliviado por vê-la feliz e a salvo.

— Oi — cumprimentei.

— Oi. — Um sorriso resplandeceu em seu rosto.

— Senhor Luke, ela insistiu para cortar os legumes. — Claudia logo se desculpou. — Eu disse que não precisava, afinal machucou a mão hoje pela manhã.

— Eu coloquei um curativo, está tudo bem, não estou usando-a. — Lua explicou, mostrando a mão, e eu assenti para Claudia, indicando que estava tudo bem. Fiquei ali parado, perto do balcão, observando-a passar a faca nas tiras de pimentão, cortando devagar, mas com destreza. Seu subconsciente lembrava de suas ações corriqueiras.

— Você corta muito bem. — Observei. — Apesar da mão.

— Fico feliz que não era a esposa delicada e mimada que recebia tudo nas mãos, parece que eu conhecia algumas coisas no ramo culinário. — O comentário dela me fez sorrir, imaginando como era sua vida antes de conhecer meu pai.

— Sim, só eu que nunca soube fazer nada na cozinha.

— Você pode fazer agora. — Lua animou-se. — Por que não usa sua força para amassar esses alhos? — Com a faca, ela apontou o alho. — Não encontramos o espremedor e eu só tenho uma mão para trabalhar.

Dei a volta no balcão.

— E como eu faço isso?

— Não, senhor Luke. — Claudia apressou-se em minha direção. — Não precisa, eu faço.

— Claudia, eu já tenho trinta e cinco anos e é uma vergonha que não saiba nem mesmo amassar um dente de alho.

— Aqui está, Grandão. Não deve ser tão difícil como montar um navio. — Lua empurrou um pequeno pilão de madeira em minha direção. — Descasque o alho, jogue aí dentro e amasse.

Peguei um, analisei e tirei com cuidado a primeira casquinha.

— Não precisa ser tão delicado — falou para mim, em um sorriso com direito a covinha na bochecha. — Se pegar vários dentes e esfregar dentro das mãos, descasca com mais facilidade. — E eu fiz como ela indicou. Em minutos, eles estavam sendo amassados no pilão.

— O que vão preparar?

— Risoto com carne assada — disse Claudia.

— Parece bom. — Levantei o pilão e cheirei. — Esse cheiro é ótimo.

— Eu amo o cheiro do coentro. — Lua ergueu um raminho até o nariz e aspirou.

—Venham sentir o melhor cheiro que existe na cozinha — Claudia convidou. Lua e eu nos aproximamos do fogão.

Ela tinha escolhido uma panela funda, jogou um pequeno tablete de manteiga e um pouco de azeite e, então, jogou a cebola picadinha. O cheiro subiu e, no mesmo instante, me transportou para uma época em que eu tinha uma família feliz, quando Claudia cozinhava para nós. Eu estava apaixonado pela minha esposa e feliz com a pequena vida que estava a caminho. Eu não precisava mais lamentar o abandono de Beatriz ou a indiferença do meu pai, eu tinha minha própria família e planejava um futuro maravilhoso para nós.

— Ah, que cheiro delicioso! — Lua sussurrou e, para minha surpresa, segurou minha mão. — Tudo bem? — perguntou. Eu a olhei e, naquele instante, ela estava vendo as feridas da minha alma. Eu tinha deixado escapar um pingo do meu sofrimento cotidiano e Lua conseguiu perceber.

— Bom... eu vou subir e tomar um banho para o jantar — falei, me afastando rapidamente.

No quarto, me sentei na cama, ofegante. Com lentidão, peguei minha carteira e puxei uma foto por entre os documentos. Senti meu maxilar enrijecer e quase deixei uma lágrima cair. Ouvi passos e guardei a foto. Lua entrou no quarto.

— Está tudo bem?

— Sim. —Sorri de boca fechada para ela e me despi rapidamente.

Fui para o banheiro. Estava debaixo do chuveiro quando a vi se despir e entrar no box. Fiquei estático observando-a. Lua percorreu as duas mãos pelo meu peito, depois a subiu pelos meus ombros e segurou meu rosto.

— Eu gostaria de conhecer você, de poder lembrar sobre suas dores e saber como consolá-lo.

Você jamais poderá saber quem é o verdadeiro Luke, minha querida. Segurei as duas mãos dela. Ela nunca poderia me ajudar, pois jamais me conheceu. Eu apenas assenti.

— Saiba que eu estou grata pelo esforço que você está fazendo por mim.

Novamente, assenti e, em um impulso que não resisti, a abracei debaixo do chuveiro. *Eu também queria te conhecer melhor, Lua. Saber que tipo de mulher meu pai trouxe para as nossas vidas. Conhecer mais uma de suas faces.*

— GOSTOU DISSO? — PERGUNTEI A LUA, VENDO-A SABOREAR A comida de Claudia, cortando com uma certa dificuldade por causa da mão.

Ela limpou os lábios e assentiu, sorrindo.

— Muito bom. Não sei se era meu prato favorito, mas esse aqui está maravilhoso.

— Na verdade, você era bem simples — falei, montando na minha mente um quadro de como eu imaginava a vida de Lua. — Você gostava de filé com fritas.

— Sério? Eu acho que é mesmo uma comida que combina comigo.

— Mas você sabia ser refinada. Na ceia de Natal, logo depois do nosso primeiro encontro, me fez ficar duro só em tomar champanhe sentada do outro lado da mesa. — E isso era verdade. Naquela noite, tesão e raiva duelavam dentro de mim.

— Uau. — Curvou o pescoço de lado, tinha um olhar divertido, mas intrigado. — Será que eram segundas intenções ou eu estava sendo normal e você que enxergou de modo malicioso?

— Talvez as duas opções. Nunca dava para saber qual era sua verdadeira intenção.

Ela riu, mas logo fechou os lábios. Continuou me encarando com um sorriso modesto de boca fechada.

— O quê? — perguntei.

— Nada, só estou te olhando. Meu sonho de padaria.

Espontaneamente, dei uma risada.

Ela voltou a comer e depois me perguntou:

— Já andamos em um de seus navios?

Não.

— Já.

— Uma coisa que irei gostar muito de relembrar — ponderou. — E os seus pais? — indagou com naturalidade.

— Como? — Quase me engasguei.

— Meus sogros? Onde estão?

— Você e eu não tivemos muita sorte com pais. — Limpei os lábios, tomei um gole de vinho. — Não acho que seja ainda o melhor momento para falar deles.

— Tudo bem — concordou e não parecia desapontada. — Vou mudar de assunto. Você foi meu primeiro namorado?

Não.

— Sim. Pelo menos foi o que você me contou.

— E você? Teve apenas casos, como Katia, ou namorou sério com outras garotas?

— Apenas uma antes de você. Eu preferia a facilidade de um relacionamento informal, sem explicações, sem elos. Apenas sexo.

— Agora estou lisonjeada por ter sido a responsável por colocar uma aliança em um homem tão escorregadio.

— Você me ganhou no dia da ceia de Natal.

— É? E o que houve de tão especial?

Briga.

— Isto. — Levantei-me da cadeira, estendi a mão para Lua e a puxei, fazendo-a ficar de pé. Então, a abracei e suspendi seu corpo, colocando-a sentada sobre a mesa. Justamente o que tive vontade de fazer com ela na mesa da ceia.

— Luke, o que está fazendo...?

— Shiu. — Beijei-lhe os lábios de modo erótico, no intuito de acalmá-la e convencê-la.

Não precisou de muito para que Lua estivesse entregue à minha sedução. Segurei com força em seus joelhos, minhas mãos grandes eram um belo contraste contra sua pele alva e delicada. Afastei gentilmente as pernas dela e percorri as mãos pelas coxas, erguendo o vestido, sem desviar o olhar do dela. Era como uma fera prendendo a presa com uma hipnose de olhares.

Meus dedos adentraram entre suas pernas e sorri. Lua engoliu o fogo do prazer e respirou pesadamente. Ela queria me deixar ir adiante; apesar de tudo, ela queimava de tesão e curiosidade. Meu dedo fazia uma lenta carícia por cima da calcinha, percebendo como ela já estava úmida ao meu toque.

Puxei a calcinha pelas pernas dela, jogando-a ali no chão e, em seguida, arranquei minha camiseta. Os lábios de Lua entreabriram, tamanha a sua surpresa. Ela encarou meu peito, olhou para baixo na minha calça e voltou a fitar meus olhos.

— Todo seu, se quiser — falei, sorrindo maliciosamente.

Ela deu vazão ao seu desejo e beijou meu peito, percorrendo meu corpo com as mãos e conhecendo cada pedacinho de mim que, modéstia à parte, era bem grande.

— Você é... lindo — ela falou, rouca.

— Você é mais. — Puxei a cadeira e me sentei em frente às pernas dela. — A minha verdadeira perdição — confessei.

Lua segurou na borda da mesa quando minha língua a atingiu. Eu a apreciei sem demora com meus lábios e língua, bem na sua fenda que pulsava conforme eu a estimulava.

— Luke... e se Claudia...

— Deixe a preocupação de lado, querida. Ainda temos muito a fazer — respondi e penetrei com cuidado um dedo. Fui até o fundo, sentindo-a me apertar e latejar em volta, então coloquei mais um. Sorri ao vê-la lutar para trancar todos os gemidos.

— Ah... vamos, meu bem, não tenha medo, pode gemer.

— Luke! Eu vou... ter um orgasmo aqui...

— Essa é minha intenção. — Tirei meus dedos, peguei a taça de vinho e tomei um gole, pisquei para Lua e voltei a tocá-la com minha boca. E ela não resistiu mais. Toda a mesa balançou enquanto ela alcançava o clímax, e seu corpo implorava por mais e mais dessa dose de excitação que eu dei.

A pequena Lua ainda tremia quando eu a tirei da mesa e andei com ela pela sala em direção ao sofá. Ela se agarrava ao meu corpo feito um ímã. Senti uma dor fina no ombro e levantei o rosto dela.

— Está me mordendo, esposa?

— Você me tira e coloca nos eixos. — O brilho nos olhos dela mostrava toda a intensidade que sentia.

— Fique assim. — Pedi a ela que ficasse de joelhos no sofá, de costas para mim, apoiada no encosto. Lua fez dessa forma e fechou os olhos, respirando rapidamente, na expectativa.

Abri minha calça e a abaixei. Então, fiquei de joelhos atrás dela e a abracei. Lua mordeu meu pulso quando investi, invadindo-a por completo. Afaguei-a por dentro e saí novamente, tornando a invadir, aumentando o ritmo de nossa perfeita sincronia sexual.

Sem parar de me mover, ajudei-a retirar o vestido e foi melhor ainda a abraçar sem um tecido entre nós. Nossos corpos unidos, meu peito contra suas costas e minhas mãos indo do ventre aos seios e, por fim, segurando sua garganta de maneira leve.

Lua deixou a preocupação de lado e gemeu, permitindo o prazer lhe dominar. Eu nunca tinha experimentado momentos tão naturais como agora, sexo cru, gostoso; todos os outros pareciam ensaiados e mecânicos.

Quando enfim chegamos juntos à explosão da excitação, caímos juntos no sofá, deitados, abraçados, nus. Ela me agarrou forte e, ainda ofegante, beijou meu peito.

— Nosso jantar sempre terminava assim?

— Hmmm... Quase sempre — menti, olhando para o teto, enquanto ela me enlaçava. Não queria pensar nas minhas ações. Só estava gostando demais de transar com alguém que me atraía mais a cada instante.

EU VESTI APENAS A CALÇA, ELA VESTIU O VESTIDO DE VOLTA E fomos para a cozinha pegar o pudim que Claudia tinha feito como sobremesa, mas que não tivemos tempo de comer logo após o jantar. Lua estava sentada no balcão e eu, em uma banqueta.

— Acho que eu gostava de chocolate — ponderou.

— Eu tenho certeza.

— Então, essa era minha sobremesa preferida? — Os olhos estavam saltados com um brilho divertido.

— Sim, qualquer coisa de chocolate.

— Hmmm... previsível.

— Esperava algo mais elaborado?

— Talvez. — Meneou o pescoço. — Acho que vou trocar a sobremesa. De chocolate por sonho de padaria, que é infinitamente mais gostoso.

— Com direito a recheio. Pode se empanturrar. — Pisquei e Lua riu. Eu estava me apaixonando fácil demais pelo sorriso dela.

TIVEMOS UMA EXCELENTE NOITE, COMO HÁ TEMPOS EU NÃO TINHA. Acordei bem cedo para correr, mas quase desisti e fiquei na cama curtindo a companhia acalorada do corpo de Lua.

Você precisa se organizar. Minha mente me aconselhava, enquanto eu corria pela praia.

Todo cuidado é pouco.

Eu tinha um objetivo e não poderia deixar uma mulher entre mim e a missão. Ainda mais quando devia justamente ir contra ela.

— Oi.

Olhei para trás e vi Lua tentando me acompanhar.

— Lua?

— Caramba, você corre igual a uma máquina.

Eu era uma máquina na empresa, na cama, nas emoções...

Ela parou e colocou as mãos nos joelhos, descansando.

— Por que saiu da cama? Você não precisa acordar comigo.

— Acordar cedo é muito bom. O dia parece ficar maior e sinto mais disposição. Não gosta de que eu corra com você?

— Por mim, tudo bem.

Corremos até cansar. Dessa vez, não assistimos ao nascer do sol, corremos para casa e, antes de entrar, peguei Lua no colo, suas pernas envolveram minha cintura e entramos nos beijando. Fui direto para o banheiro, entramos no box e abri o chuveiro sobre nós, ainda de roupa.

— Droga! Você é enorme, quero te ensaboar — ela confidenciou, me fazendo rir.

Não tinha coisa melhor que começar o dia com uma boa corrida e sexo em seguida. E isso acabou virando rotina.

———•———

UMA SEMANA E AS COISAS PARECIAM EVOLUIR DE UM JEITO NATURAL a cada dia entre mim e Lua; o sexo era constante, sempre que nos tocávamos chamas surgiam. Eu estava sentado na poltrona, vestindo apenas uma cueca, e olhando Lua dormir em sua beleza matinal enrolada em lençóis brancos. Os cabelos ruivos esparramados contra os travesseiros e a pele alva e macia, banhada pelos raios de sol.

Eu a queria, incontrolavelmente, e soube desde o início que era perigoso, mas me deixei levar. Agora, estava embasbacado com o conforto que sua presença causava e sem encontrar vestígios da antiga raiva em meu peito. Eu só a queria.

Uma buzina rouca soou se aproximando. Sorri e fui para a cama. Rastejei sobre o corpo morno dela, afastei seus cabelos e beijei sua nuca. Lua mexeu-se e vi um vislumbre de sorriso; ela soube de imediato que era eu.

Eu podia estar sendo um completo egoísta, mas me senti aliviado por entender que ela ainda não tinha suas memórias antigas. Ainda era minha Lua.

— Bom dia — sussurrei.

— Oi. — Manteve os olhos entreabertos. — Está tarde?

— Não. Tenho uma coisa para você.

— Hmmm... — Mexeu-se preguiçosamente e tentou se aninhar contra mim, disposta a voltar ao sono.

— Nada de preguiça. Acorde. — Beijei suas costas, percorrendo meus lábios por sua pele viciante, até chegar ao ombro e mordê-lo.

Ela afastou minha boca em um movimento fraco.

— Tem que ser agora? Você me deixou esgotada noite passada.

Ela tinha razão. Nós dois ficamos sem energia depois do sexo voraz em que mergulhamos. Mas isso tinha sido há oito horas, as forças já tinham sido recuperadas. Beijei de leve seus lábios e a puxei da cama e ela se deixou levar feito uma boneca de pano. Lua sentou-se, afastou os cabelos do rosto e me olhou por completo.

— O quê?

— Aqui, venha. — Fiquei ajoelhado na cabeceira diante da enorme janela. Ela ajoelhou ao meu lado e olhou.

Lá fora, a imensidão do mar nos dava bom dia, um navio se aproximava sobre as águas calmas. Ouvimos outra buzina rouca.

— Um navio! — ela exclamou, perplexa, despertando completamente. — É um dos seus navios? — Me olhou.

— Sim. Fiz umas ligações e pedi para reservarem um rápido cruzeiro para você. Topa ir?

— Meu Deus! — Ela ria com as mãos na boca, tomada pela euforia. — Fez isso para mim?

— Eu só quero que tenha boas memórias, mesmo que as suas voltem.

— Luke! — Abraçou-me emocionada e agradecida. — É claro que eu quero ir. Meu Deus! Sim, eu quero. — Apertei meus braços em torno dela e, pela primeira vez em anos, senti o toque da felicidade. Eu tinha esquecido de como era bom fazer algo para alguém e causar um sorriso.

Merda! Eu não acreditava que justo ela era capaz de me trazer essas sensações.

— Então, vamos nos vestir, pois nossa embarcação chegou.

16

O CRUZEIRO

LUA

ELE SEGURAVA FORTE EM MINHA MÃO ENQUANTO SEGUÍAMOS pela praia, e ninguém poderia ter noção do quanto eu me sentia segura e amada. Nossas mãos se encaixavam com perfeição e o calor entre elas atingia meu coração em cheio. Era fácil me apaixonar por ele... pelo meu marido.

Andamos rumo à pequena lancha que nos levaria ao navio parado a metros de distância; o vento batia contra mim e eu segurava meu elegante chapéu de praia. Luke, belo de qualquer jeito, usava bermuda, camiseta regata e óculos escuros.

A lancha cortou o mar com rapidez e velocidade. Senti o braço de Luke ao redor de meu ombro e apenas aproveitei o momento. O vento em meu rosto não era desconfortável; na verdade, todo pequeno detalhe era delicioso. Tudo era novidade e eu estava redescobrindo ao lado dele.

Subimos no navio e, logo na entrada, havia uma fila de mais ou menos dez pessoas uniformizadas nos recepcionando.

— Esta é a tripulação da empresa de cruzeiros, que os cedeu para nos guiar e servir conforme precisarmos — Luke os apresentou.

— Bom dia. — Com um sorriso modesto, acenei para cada um deles. Um homem mais velho, com um uniforme bem mais sofisticado, algo como uma farda, aproximou-se e estendeu a mão para Luke e depois apertou a minha.

— Sejam bem-vindos. Sou o capitão Gomes. Nem preciso dizer o quanto este navio é seguro, pois estou diante do idealizador dele.

Luke sorriu cordialmente para o senhor.

— Os guiarei por uma rápida volta pela costa, onde aportaremos para o almoço. O café já vai ser servido, fiquem à vontade.

— É um prazer, capitão Gomes — falei. Os integrantes da tripulação saíram, cada um voltando para seu respectivo posto.

Luke me puxou pela mão.

— Venha ver. — Fomos até o parapeito e olhei toda a bela vista com nossa casa já distante.

Era um lugar extasiante que, além de me deixar sem ar, me trazia grande sensação de paz, embora não surtisse nenhum vestígio de lembranças de outras viagens. O navio começou a se mover e a buzina fez um barulho alto.

— Ah, meu Deus! — Eufórica, agarrei o braço de Luke, curvando-me para ver a água ao redor do navio. Sorrindo incontrolavelmente, com o coração a mil por hora e lágrimas intrometidas começando a molhar meus olhos.

Luke me fez um cafuné como se eu fosse uma mascote saindo da gaiola e ganhando o mundo pela primeira vez.

— Vamos conhecer o navio. — Ele me puxou. — Sua euforia te faz parecer o *Jack*, do *Titanic*.

— Quem?

— Nunca viu *Titanic*? O filme? — Me fitou, como se eu o tivesse ofendido.

— Se assisti, não me lembro.

— Que droga. Então, não terá graça te levar na proa do navio para imitarmos a pose clássica de *Jack* e *Rose* quando estavam indo ao encontro de uma das maiores tragédias marítimas da história.

— Credo. Eles morreram?

— Podemos assistir ao filme depois e você vai descobrir. Mas já deixo claro que, se esse navio afundar, eu divido uma porta com você.

Eu ficava cada vez mais confusa.

— Como?

— Esquece. — Riu e beijou meus cabelos. — Vamos tomar o café e conhecer nossos aposentos.

Passamos pela área externa de recreação, com direito a bar, piscina e muitas espreguiçadeiras. Imaginei como deveria ser divertido cheio de pessoas.

— É uma área comum para todas as classes?

— Sim. Na verdade, esse navio tem o sistema de classes, mas, quando a empresa faz o cruzeiro, você entra e desfruta conforme seu dinheiro permite. Você pode se hospedar nas cabines inferiores, mas desfrutar de jantares de luxo no restaurante. — Ele empurrou uma grande porta de madeira com vidro e entramos no salão de um restaurante que era muito luxuoso.

— Uau. — Olhei para os lustres brilhantes que pareciam cascatas despencando do teto, as mesas bem arrumadas, cujas toalhas eram de linho, e vasos de cristais, mas sem pratos e talheres. Passamos pelas mesas, observei com curiosidade um balcão enorme com banquetas ao redor, o qual Luke me informou ser uma espécie de cozinha rápida, em que as pessoas se sentavam e viam os cozinheiros preparando os pratos rápidos.

Saímos em uma varanda onde havia mais mesas, e apenas uma delas estava posta com xícaras, talheres, guardanapos e um vaso com flores naturais.

— Pedi para servir nosso desjejum ao ar livre. — Ele puxou uma cadeira e fez sinal para eu me sentar.

— Obrigada. — Sentei-me e Luke se sentou à minha frente. Um garçom apareceu e entregou um cardápio para cada um de nós.

— Nada de café por hoje. — Acenei, mostrando minha mão ainda machucada.

— Peça um cappuccino em uma caneca — aconselhou.

— Perfeito. Quero um pedaço de torta de nozes e uma salada de frutas também.

Luke fez o pedido dele, bem mais variado e em maior quantidade que o meu. Apesar de ser muita coisa, ele não comia com voracidade, mantinha a compostura de um lorde, ainda assim era tão sexy e transmitia um ar pervertido.

Olhei seus bíceps livres pela regata, deslizei o olhar pelos ombros largos e, enfim, o pescoço forte. Luke levantou o rosto me flagrando, senti minhas bochechas enrubescerem.

— Tudo bem se quiser me olhar. — Ele limpou a boca e recostou na cadeira, bem exibido.

De repente, fiquei séria enquanto o encarava. Eu estava confiando cada vez mais em Luke e entregando-me a ele. Mas havia perguntas que ainda não tinham sido respondidas, e isso me causava desconforto. Ele nunca falava dos pais ou de qualquer membro de sua família. Eu queria visitar a casa em que morávamos, a oficial, mas ele dizia que ainda não era tempo. Queria ter acesso às minhas coisas, como meu celular, além dos antigos objetos mais pessoais possíveis, para talvez exercitar a mente e lembrar de algo.

— Que cara é essa? — questionou.

— Estamos casados há quanto tempo?

— Três anos.

— Por que nunca quisemos ter filhos?

Luke paralisou me fitando. Seu semblante atingiu um ar pesado, foi como uma sombra de desgosto que o tomou, mas em segundos ele se recuperou. Tomou um gole de suco e ensaiou um sorriso convincente.

— Estávamos planejando. No ano passado, você não quis, decidiu terminar a faculdade. Este ano seria perfeito.

— Ainda está de pé?

— Bom... o que acha de pensar na sua recuperação primeiro?

— Tem razão. Quero ter nosso bebê quando puder focar totalmente nele.

Sem querer alongar o caso, ele apenas assentiu, deixando a situação estranha por não querer ao menos imaginar como seria se tivéssemos um filho. Depois do café, conhecemos mais algumas áreas recreativas do navio, como a sala de jogos, o salão de festas e a nossa cabine que, segundo Luke, era uma das melhores.

— Você pensa em cada pequeno detalhe quando vai criar? — perguntei, pasma com a beleza da nossa suíte.

— A minha parte é desenvolver o projeto, pensar nos detalhes, desenhar a planta, toda a parte da construção. Mas a River tem outros setores, como o de design, que é o setor responsável por fazer toda essa beleza que você está vendo.

— É muito legal. Tem até uma varandinha. — Espiei o mar passando rapidamente lá fora.

— Sim. Esta é uma suíte presidencial que, além do quarto, conta com uma antessala de refeições, varanda, banheiro e closet. Dependendo do destino do cruzeiro, a pessoa pode pagar em torno de mil e duzentos reais a diária.

— Meu Deus. Isso é muito caro. Há loucos que pagam esse valor?

— Lógico, querida. Há muito mais caros do que esse. Venha, odeio falar de dinheiro, vamos andar. — Segurou minha mão e caminhamos para fora da suíte. — Vou te levar para a proa.

Era estranho estarmos sozinhos em um navio que deveria caber centenas de pessoas. Porém, ao mesmo tempo, era reconfortante saber que ninguém nos incomodaria aqui. Era o nosso lugar, o nosso momento.

A PROA ERA, SEM DÚVIDA, O LUGAR MAIS LINDO. ERA A FRENTE do navio e, de lá, a vista esplêndida se erguia adiante a cada metro alcançado. O vento batendo em meu rosto e o cheiro de mar me deixavam inebriada. Luke se posicionou atrás de mim, abraçando-me contra a grade de proteção.

— Este é mesmo um momento para ficar na memória — sussurrei.

— Vai se somar aos vários outros momentos que teremos. — Ele devolveu, seu tom parecia animador. Virei-me dentro do abraço dele, ficando de frente, levantando o rosto para encarar seus olhos.

Eu queria colecionar momentos e não objetos ou dinheiro.

Enfiei as mãos na camiseta de Luke, sem abandonar o seu olhar. A proa era um lugar bonito, Luke era o cara que estava dominando meus momentos e eu queria deixar este instante marcado da melhor maneira possível.

Minhas mãos chegaram ao peito exposto dele e arranhei sua pele lentamente.

Era tão gostoso tocá-lo...

Ele apenas me analisava, curioso para saber o que eu pretendia. Desci as mãos deliciando-me pelo seu tórax firme, cheguei ao cós da bermuda de praia que ele usava e dei uma puxadinha.

— Não sei se o tal *Jack* fez isso, mas eu quero transar com você aqui, enquanto o navio vai ao encontro do mar e do vento.

— Eu nunca te negaria isso. — Ele segurou minha nuca e puxou-me para um beijo. E como minhas mãos estavam ali, no seu quadril, eu afastei o short e invadi com minha mão, encontrando-o avantajado na cueca.

Eu já estava quente e umedecida. Luke sorriu em meio ao beijo e deu um rápido gemido por causa de minha massagem. Isso era música para meus ouvidos.

Quando sua boca deixou meus lábios e percorreu meu pescoço, deliciei-me com a sensação de prazer que sempre me consumia com seu toque. Voraz, ele afastou uma alça do meu vestido e foi ao encontro do meu seio, fechando os lábios quentes e macios no mamilo que implorava por um toque.

Minhas costas estavam pressionadas na grade de proteção. Minha cabeça, jogada para trás e meus cabelos ruivos, soltos ao vento. Continuei com minha mão dentro de seu short.

Era satisfatório senti-lo ceder e gemer com minha massagem ousada. Era mais satisfatório ainda senti-lo pulsar em minha mão; absurdamente esticado de prazer.

Ele se afastou dos meus seios e me olhou. Estava arfando, os olhos brilhavam. Luke arrancou a camiseta, jogando-a de lado, e, como se sua vida dependesse disso, suspendeu meu vestido, encontrando a parte de baixo do biquíni com dedos ávidos.

— Você consegue me acender tão fácil, Lua — resmungou. Havia uma rouquidão intensificada em sua voz.

— Eu gosto disso — falei em seus lábios. — Gosto de ter esse poder sobre você. — Recebi um sorriso lindo e um beijo de língua logo em seguida. Caramba! Eu amava beijar Luke, sentir sua língua adentrar em minha boca e seus lábios praticamente mastigarem os meus.

De repente, ele me virou, deixando-me de costas para ele.

— Segure na grade, Lua.

A sensação de que alguém poderia vir por estarmos em público, impulsionou ainda mais minha adrenalina junto com o tesão. Eu era uma bateria viva.

Senti ele puxar o biquíni e friccionar de leve minha entrada com o polegar, uma deliciosa loucura que me fez gemer. Eu estava ardendo, era pura energia, pronta para liberar. Como uma estrela prestes a se partir em uma supernova. E, quando Luke deslizou me invadindo, eu contive o gemido; meus dentes se afundaram no lábio.

Eu o recebi com gula, queria Luke por inteiro me possuindo, apertado em minhas carnes, em um ritmo tão bom que me fazia perder o fôlego.

O navio ia depressa, o vento em meu rosto e Luke me abraçando por trás, enchendo-se de uma paixão que suprimia o vazio da minha alma. Seus braços fortes me acolheram, ele estava quente e mais duro, seu corpo era um abrigo forte; nossas peles nuas se encontrando com rapidez.

Sua mão adentrou meus cabelos, segurando-me com força, mas sem rudez, virei o rosto para trás, em direção a ele, que buscou a minha boca ansiosamente enquanto me preenchia com velocidade. Chorei e ri quando chegamos ao ponto mais alto.

Luke deixou-me explodir de prazer e veio logo em seguida, nos unindo delirantemente.

———•———

EU NÃO ENTENDIA POR QUE UM DIA TÃO PERFEITO E FELIZ TINHA me deixado tão cansada. Era claro que diversão cansava tanto quanto trabalhar e se esforçar.

Chegamos em casa às nove da noite. Como já tínhamos jantado no navio, fomos direto para a cama. Eu tinha bebido, transado, dançado, meus olhos fechavam de sono. Queria apenas me deitar e dormir por, pelo menos, oito horas. Com presteza, me preparei e me deitei para dormir. Luke estava no banheiro. O sono me atingiu como uma marretada.

Estava caindo em inconsciência quando pude ver claramente um homem sentado na cama me olhando. Ele era um senhor, na casa dos sessenta ou setenta anos; mesmo assim, bem preservado. Era bonito e tinha olhos divertidos. Olhos familiares. Mas estava triste. E chamou o meu nome:

— Lua.

Dei um grito e sentei-me na cama. A voz do senhor ecoava em minha mente. Luke já tinha saído do banheiro e veio correndo até mim.

— Ei, Lua. O que houve? Teve um pesadelo?

— Sim... eu... só me abrace. — Puxei-o para o meio da cama e me encolhi em seus braços. — Foi um pesadelo. Era tão real.

— Sobre o que era? Quer me contar?

— Eu vi um homem... um senhor. — Afastei-me um pouco e olhei o rosto de Luke. — Os olhos dele eram familiares e ele me chamou pelo meu nome. Os olhos dele pareciam os seus, Luke. É uma lembrança em forma de pesadelo. Quem é essa pessoa, Luke?

17

UMA NOVA LEMBRANÇA

LUKE

CARAMBA! ELA TEVE UMA LEMBRANÇA DO MEU PAI.

Eu não podia demonstrar tanto desconforto. Ainda queria tomar de Lua o que ela tinha herdado e, por isso, deveria manter o jogo frio, sem dar chance de ela desconfiar de algo. No entanto, me assustava pensar que Lua estava se lembrando aos poucos.

Enfiei meus dedos nos cabelos dela e os penteei para cima.

— Fique tranquila, Lua. Tudo leva a crer que sim, era o meu pai. Você teve uma lembrança da fisionomia dele, foi apenas isso. Um instante. — Afastei-me do abraço tenso dela, saí da cama e peguei meu celular.

Calma, Luke. Tudo tinha que ser feito de forma aparentemente natural, eu tinha que pensar cada passo que daria. Acessei as fotos salvas na nuvem e estendi o celular para Lua.

— Era esse homem?

— Exatamente. — Seus olhos ainda saltados e as mãos na boca. — Seu pai? — Encarou-me.

— Sim. Como você sempre foi distante de seu pai, acabou tendo uma aproximação maior com o meu — menti, sem olhar nos olhos dela. E engoli em seco antes de continuar: — Ele gostava muito de você. — E falar isso me incomodou, pois, naqueles dias, eu a odiei com todas as minhas forças, mas fiquei levemente com inveja do meu pai, ele tinha o amor de Lua.

— Ele faleceu? — Pelo timbre de voz, ela estava mais calma.

— Sim. Venha, vamos deitar. Também estou com sono e amanhã preciso ir cedo para a empresa.

Ela deitou-se, apaguei a luz e a abracei. Lua se envolveu amedrontada em meu abraço.

— Eu sinto muito — sussurrou.

— Pelo quê?

— Seu pai... ter falecido.

— Está tudo bem. Eu consegui superar, você me ajudou. — E isso não deixava de ser verdade. Concentrar-me em Lua, ainda no hospital, tinha me feito esquecer um pouco da morte do meu pai.

Beijei seus cabelos e mantive meus dedos enterrados nos fios, dando-lhe um relaxante cafuné. Não demorou muito para seu corpo relaxar e ela começar a ressonar baixinho. E eu continuei por um bom momento acordado, olhando a escuridão, pensando o quanto estava cada vez mais perto de suas lembranças retornarem.

AINDA ESTAVA ESCURO QUANDO CALCEI UM TÊNIS E SAÍ PARA correr na praia. Foi uma noite tensa. Lua estava imergida em um sono inquieto, se assustando a todo momento, e isso quase não me deixou dormir, porque eu só imaginava que ela estava tendo as lembranças de volta e acabaria com todo meu plano e nosso acidental romance.

Sim, eu estava disposto a continuar transando com ela.

Foram poucas horas de sono, então desisti de continuar na cama e decidi queimar energia.

Quando os primeiros raios do sol coloriram o horizonte, parei de correr e permaneci ali, de pé, observando aquele espetáculo que conseguia balançar minhas emoções de forma íntima. Meus olhos viam o céu, mas minha mente passeava no passado, em lembranças dolorosas que eu gostaria de apagar.

———•———

"MADALENA, APENAS ME DIGA ONDE VOCÊ ESTÁ!" — EU BERRAVA ao telefone, na sala da nossa casa.

Eu tinha chegado do trabalho e percebido que ela me abandonara. Nos últimos meses, as brigas haviam aumentado e as suas saídas furtivas me incomodavam. Talvez estivesse sendo um pouco controlador e machista, pois a queria dentro de casa, cuidando de tudo, enquanto eu poderia prover nossa família.

— Eu não vou falar. — Ela berrou do outro lado. — Eu quero o divórcio e viverei com o que for meu por direito.

—Você não pode simplesmente sumir com a Rebeca, Madalena! Eu sou pai e posso alegar sequestro. Eu não dei permissão para você viajar com ela.

— Esse é seu problema, Luke. Você sempre vai tratar a todos como se fossem seus empregados. Como se todo mundo te devesse obediência. Você poderá vê-la assim que assinar o divórcio e me der metade de tudo o que tem.

———•———

AGORA, VENDO O SOL NASCER, ME LEMBREI DE COMO FUI FELIZ neste exato lugar, mostrando o mar pela primeira vez para minha filha.

O papai sempre vai te amar, meu bebê.

Virei-me e andei de volta para casa. Era tão irônico: Lua não tinha lembranças e ansiava para tê-las de volta, e eu só queria perder todas as minhas para acalentar um pouco a dor que se alastrava dia após dia.

———•———

LUA AINDA DORMIA QUANDO ENTREI NO QUARTO. FUI DIRETO para o chuveiro. Depois de uma boa chuveirada fria, me vesti para ir à empresa e desci para tomar café.

— Bom dia, Claudia.

— Bom dia, Luke. O que deseja comer?

— Uma omelete, por favor. — Sentei-me à mesa.

— Claro. Já tem café pronto.

Servi café na xícara e beberiquei. Saquei meu celular e acessei as notícias do dia, mas me lembrei de algo que eu precisava falar.

— Claudia.

— Pois não?

— Vou te pedir um favor. Lua teve alguns flashs de memória sobre meu pai. Se caso ela te perguntar mais sobre ele, não diga que ele faleceu em um acidente em que ela estava.

— Claro, Luke. Não comentarei.

— Só quero preservá-la. Ainda é cedo para ela lidar com isso.

— Certamente. Eu compreendo.

— Obrigado.

Minutos depois, Lua apareceu na cozinha. Eu sempre admirava como ela era linda de qualquer forma. Ela estava com os cabelos bagunçados e vestindo um dos meus moletons que ficava enorme nela, batendo nos joelhos e as mangas dobradas.

— Bom dia, Claudia — ela sussurrou e, com cuidado, sentou-se no meu colo, empoleirando-se.

— Podia ficar mais tempo na cama — comentei, tirando seus cabelos do rosto.

— Não gosto de ficar nela sem você. — Deitou a cabeça em meu ombro.

Presumi que ela poderia estar com medo do pesadelo que tinha tido na noite anterior.

— Quando eu sair, deite-se ali no sofá e volte a dormir. Claudia te vigiará. Não é Claudia?

— Comigo por perto, não precisa ter medo, dona Lua.

— Farei isso. Hmmm... Que cheiro delicioso. — Ela cresceu os olhos para minha omelete. Cortei um pedaço com o garfo e coloquei em sua boca.

— Bom?

— Hmmm... muito bom. — Tentou tomar o garfo da minha mão para comer mais, todavia a impedi.

— Não, eu estou faminto, Claudia pode fazer uma para você.

— Luke! — protestou.

— Posso dividir muitas coisas, meu bem, menos minha omelete pela manhã. Claudia, faça uma para ela por favor.

— Dois minutinhos, dona Lua.

Ela se espreguiçou um pouco e deslizou para a cadeira ao lado. Como a mão dela ainda não estava curada, peguei uma caneca de alça grande e lhe servi café. Adicionei um pouco de açúcar, mas não muito, e passei para ela, que provou e olhou para mim.

— Vai demorar hoje?

— Depende do tanto de trabalho.

— Eu posso ir ao shopping? — Antes de eu dar minha opinião, emendou: — Claudia vai comigo.

— No shopping? Fazer o quê?

— Ora, Luke. O que as pessoas vão fazer no shopping? Mesmo que eu não compre nada, quero entrar nas lojas, ver lugares diferentes. Vi fotos de um shopping em uma revista e fiquei muito animada.

Achei a ideia inofensiva, mas então me lembrei dos homens que estavam procurando Lua. Eu não podia expô-la a um perigo assim. E, com tanta gente andando por lá, alguém poderia reconhecê-la.

— Te dou uma resposta na hora do almoço, tudo bem?

Ela curvou-se e beijou meu rosto.

— Obrigada.

Eu não queria ser controlador, como Madalena me acusava. Mas, no caso de Lua, não era apenas controlar seus passos, era sobre sua proteção. Eu não sabia quem eram aqueles homens e o que queriam com ela. Lua não sairia desprotegida até eu conseguir respostas.

A PARTE DA MANHÃ PASSOU COM UMA RAPIDEZ QUE EU NÃO percebi. Entretanto, foi o necessário para eu realizar quase toda a minha agenda. Na cabeça, várias preocupações tinham Lua como foco. Saí da empresa, fui direto ao escritório de advocacia em que Murilo era associado. Esperei alguns minutos até ele terminar com um cliente e entrei.

— E aí, cara? Quais as novas? — perguntou.

Desabotoei o paletó e desabei em uma poltrona.

— Arranje algo para beber. Estou fadigado, Lua teve uma lembrança do meu pai.

— Puta merda — xingou. — Um momento. — Ele tocou no interfone sobre a mesa, pediu uma bebida e sentou-se intrigado diante de mim.

Contei os detalhes para ele, sobre a lembrança de Lua e da loucura que eu tinha acabado de fazer.

— Conseguiu fechar um shopping inteiro só para ela visitar? — Murilo estava incrédulo com minha força de vontade em agradar àquela mulher.

Até mesmo eu estava surpreso com minha atitude. Primeiro, o cruzeiro, agora o shopping. Era bom ver Lua feliz e eu estava me viciando em causar sorrisos nela.

— Será uma hora, apenas. — Dei de ombros, tentando indicar que era algo sem importância.

— Quem não chora, não mama. — Murilo tripudiou, fazendo-me revirar os olhos. Ele sempre resumia meus atos a motivos para conseguir sexo.

— Eu quis fazer isso por ela, não quero perder a confiança dela nem ser chamado de controlador.

— Mas você é controlador. Queria controlar até a vida do seu pai. Que homem fecha um shopping inteiro para a garota visitar porque não quer interação dela com outras pessoas?

— Uma merda. — Coloquei o copo vazio de uísque na mesa e fiquei de pé — Só quero o bem das pessoas e elas não entendem. Lua, por exemplo, tem aqueles caras procurando por ela, além de que estou sendo um grande babaca enganando-a. E se alguém que a conhece a vir e me desmentir?

— Vou te dar um crédito, parceiro. Nisso você tem razão. — Ele se levantou e pegou algo em uma gaveta da mesa e estendeu para mim. Era um envelope.

— Olha, está tudo pronto. Basta Lua assinar e será como se ela estivesse te doando a parte na herança. Faça logo antes que ela tenha de volta as memórias. O destino te deu um belo bônus nesse jogo que você chama de vida. Use-o com sabedoria.

Olhei os documentos e enfiei-os de volta no envelope, não tendo mais certeza se queria enganá-la e lhe dar um golpe.

— Obrigado. Qualquer momento, a farei assinar.

— E depois que ela assinar?

Era algo que eu não queria pensar. Não sabia que caminho tomar depois de enxotar Lua de minha vida.

— Ainda não sei. Tem notícia da investigação sobre a vida dela?

— Tudo indica que aqueles homens estavam a mando do pai dela que está preso. Mas o detetive vai te entregar um documento mais elaborado.

— Ótimo. Bom, tenho que ir. Ainda vou passar na delegacia. Obrigado, amigo. — Abanei o envelope com os documentos, mostrando pelo que estava agradecido.

— Fique bem, Luke.

Saí do escritório de Murilo e dirigi para a delegacia a fim de falar com o delegado e pegar os pertences recolhidos no acidente. Como foi descartado ter sido criminoso, o caso estava sendo encerrado, o que me deixava inquieto, sem querer acreditar. O relatório da perícia dizia que o carro perdeu o controle quando o cabo de freio arrebentou, sem que houvesse corte feito por terceiros.

Intimamente, a pergunta pulsava em minha alma: quem mataria meu pai e por quê? Se fosse Lua, não fazia sentido ela estar no carro no momento do acidente. E, então, eu mesmo pensava na resposta: e se o alvo não era meu pai mas, sim, Lua?

O delegado colocou um pacote lacrado na mesa e pediu para eu assinar um documento. Já sabia tudo o que ele me disse. Não tinha nada de novidade no caso.

Cheguei em casa, Lua estava na cozinha ouvindo Claudia explicar sobre o jeito certo de colocar uma mesa. Dizendo o que era jogo americano, onde cada talher ficava e para que cada um servia. Eu paralisei vendo aquela cena.

Madalena era sofisticada, sabia como colocar uma mesa de jantar, do mais luxuoso ao comum. Lua tinha vindo de uma vida humilde, uma vida que eu não conhecia e estava ansioso para ver a investigação minuciosa sobre todos os passos dela. Aproximei-me e a beijei no rosto.

— Tudo bem?

— Sim. — Segurou meu rosto, os olhos brilharam, me fitando.

— Conseguiu dormir um pouco?

— Não achei necessário. Como foi sua manhã?

— Bem movimentada. Tenho uma novidade para você, só vou me trocar e já te conto.

— Ah, meu Deus, assim você me mata de curiosidade — ela gritou enquanto eu me afastava, e olha só: sorrindo. Um sorriso deliberado, como Murilo percebeu.

Fui para o escritório improvisado que tinha na casa. Guardei o envelope em uma gaveta com chave e deixei o pacote que peguei na delegacia atrás de umas caixas. À noite, depois que Lua dormisse, viria analisar.

— Adivinha onde vamos depois do almoço? — Abracei Lua por trás e sussurrei em seu ouvido. Ela virou-se dentro do meu abraço, completamente eufórica.

— Sério? No shopping?

— E eu irei com você.

Ela festejou enchendo-me de beijos e momentaneamente eu quase me deixei levar; minha alma chegou a achar que éramos mesmo um casal feliz e que tudo ia ficar bem. Ela era pequena em meus braços, eu a apertei e beijei o alto de sua cabeça.

Do outro lado da cozinha, Claudia me olhava. Ela sabia de tudo. Ela sabia sobre Madalena. Claudia era o ponto fixo que não me deixava submergir de vez nessa fantasia.

18

O QUE OS MORTOS ESCONDEM?

ESTÁVAMOS EM DOIS CARROS. SEGURANÇA NUNCA ERA DEMAIS.
Eu com Lua em um e, atrás, o carro com os seguranças. Descemos, segurei na mão dela e fomos em direção ao shopping. As portas foram abertas para nós e observei a expressão de Lua assim que entramos.

Ela soltou da minha mão e girou no meio, com as mãos na boca, admirada, com olhos em faíscas. Tecnicamente, era a primeira experiência dela em um lugar tão corriqueiro. Fiquei pensando se antes de perder a memória ela tinha costume de vir a lugares assim.

— Onde estão as pessoas? — Enfim notou o pequeno detalhe.

— Eu consegui uma hora só para a gente.

— Você conseguiu fechar um shopping? Por que fez isso? — As sobrancelhas dela se elevaram dramaticamente.

— Porque merecemos um passeio tranquilo. Eu já te contei que sou bastante conhecido e, depois do seu acidente, a mídia pode querer nos incomodar.

Ela relaxou e assentiu, concordando comigo.

— Tem razão. Eu posso entrar em qualquer loja?

— O shopping é todo seu.

Deslumbrada, ela deu alguns passos cautelosos e eu a segui. Seu corpo curvilíneo se mexia com delicadeza. E os cabelos soltos eram cascatas de fogo que passaram a me encantar. Lua olhava com cuidado as vitrines, demonstrando grande interesse por uma de calçados.

— Entre — incentivei.

— Não sei como eu era antes do acidente, mas sapatos me atraem inexplicavelmente.

Ela entrou e eu a segui. Duas jovens se adiantaram para nos receber. Certamente tinham recebido o aviso da direção de que o shopping ficaria fechado para os clientes por uma hora.

Me sentei em uma poltrona e apenas assisti à felicidade de Lua em meio a dezenas de caixas de sapatos, e duas atendentes que não mediam esforços para trazer mais opções. Lua tentava decidir por um deles, entre vários.

— Por que não leva um de cada? — opinei.

— Luke, não preciso de tanto. — Soou sincera na sua recusa. A minha Lua sem memória não era uma golpista interesseira como aquela com quem meu pai se casou. Eu estava com a melhor versão dessa mulher.

— Leve esse — falei imediatamente ao vê-la de pé, experimentando um sapato de salto vermelho. Quase supliquei. Só conseguia pensar na minha garota com uma bela lingerie e esses saltos me tentando no quarto.

— Gostou? — Ela girou na minha frente.

— Perfeitos.

Lua tirou um sapato e olhou a discreta etiqueta.

— Luke! É um absurdo. — Virou-se para a atendente. — Desculpe a inconveniência. — Voltou-se para mim e resmungou: — Talvez eu ache um parecido e menos caro em outra loja...

— Tire o outro sapato — pedi. Ela tirou e tomei os dois da mão dela. Entreguei para a atendente. — Estes vamos levar, com certeza.

— Você nem olhou... — Lua contestou.

— Lua. — Segurei em seus ombros. — Você está aqui para se divertir e não se preocupar. — Olhei para a atendente da loja: — Pode embrulhar os que ela mais gostou. Um dos meus funcionários vem depois pegar.

— Ah... Luke, eu gostaria de levar ao menos uma sacola — Lua cochichou. — Apenas para ter a sensação de estar fazendo compras. Pode parecer piegas... Sei lá...

Mais uma vez, ela me fez sorrir. Agora, de sua simplicidade.

— Levaremos as sacolas, então.

Saímos da loja de sapatos e entramos em uma loja de roupas feminina. Foi um espetáculo assistir à Lua entrar no provador e sair para me mostrar a roupa no corpo.

— Esse está lindo. Leve-o — opinei. — Escolha um para um jantar romântico.

— Ah! Eu tenho um perfeito — a atendente disse. — Ruivas ficam muito bem de vermelho. — Pegou um vestido e levou-o para Lua.

Esperei, esperei e nada de ela aparecer. Então, dei dois toques na porta e Lua saiu com o vestido dobrado.

— E aí? Vestiu?

— Sim, ficou ótimo.

— Por que não me mostrou?

— Porque você só vai ver no momento certo. — Piscou de forma matreira, passando por mim e o entregando à mulher. — Vou levar este.

— Separe aquelas peças ali também, ela vai levar. — Indiquei um monte que Lua havia provado e gostado. — Menos este. — Retirei um vestido preto do meio. Era muito curto e justo.

Lua apenas riu e abanou a cabeça. Mas não fez grande protesto em cima disso.

Depois da loja de roupas, fomos a uma livraria e a uma loja de eletrônicos, onde ela escolheu um celular e um tablet, já que não quis um notebook. Entramos em uma loja de peças íntimas. Enquanto Lua conversava com a jovem e dizia qual era seu número, eu dava uma olhada nas peças do mostruário. Jamais tinha entrado em uma loja como essa. Madalena era vaidosa e amava lingeries, mas sempre era uma surpresa para mim. E eu jamais dei roupas íntimas para minhas acompanhantes.

Havia muito pequenas, muito grandes, sexy, provocantes, comportadas, divertidas. Eu gostava de imaginar como cada uma ficaria no corpo dela.

— Eu não preciso de roupas íntimas — ela sussurrou, dando uma olhada nos conjuntos. — Mas talvez leve algumas daquelas calcinhas de algodão, mais confortáveis.

E ela não deixaria de ficar sexy. Acredite, um cara que ama o corpo de sua mulher vai querer vê-la em qualquer calcinha.

— Leve ao menos um, para entreter este pobre homem que não pensa em outra coisa a não ser você — falei baixinho ao seu lado.

Ela olhou para mim, pasma com o que acabara de ouvir; não disse nada, apenas cravou os olhos nos meus por um tempo e sua bochecha ruborizou graciosamente.

— O que acha? — Colocou um conjunto preto na frente do corpo.

— Eu irei à loucura. Leve este também. — Peguei um rosa-claro de renda. — Renda é o ponto fraco de um homem.

Ela riu e aceitou minha escolha. Levou os dois conjuntos, além de uma camisola e algumas calcinhas confortáveis com estampas coloridas.

Saímos da loja e, por último, entramos em uma de roupas masculinas que Lua me arrastou contra minha vontade.

— Lua, eu tenho roupa demais. Não preciso.

— Eu não me lembro se te ajudava a escolher suas roupas, mas agora quero escolher ao menos uma.

Aceitei o pedido dela e deixei que ela se divertisse olhando tudo que a loja oferecia.

Em que momento eu a deixei se enraizar em mim? Minha alma dizia que foi no bar, naquele momento que eu a quis e a levei para o motel. Mas a voz da minha consciência falava que foi a partir de minha raiva incontrolável.

— Ei, Luke — chamou. — Esta camisa ficaria linda em você. — Aproximei-me e dei uma olhada na camisa que ela indicou. Era mesmo bonita. Em um tom de azul. Eu geralmente escolhia as brancas ou pretas.

— Tudo bem, eu experimento.

— Isso! — comemorou e virou-se com orgulho nos olhos para o rapaz que nos atendia. — Pegue, por favor, uma dessa no tamanho G, para o meu marido.

— Sim, senhora. Um momentinho.

— Ah! E aquela gravata ali, a preta.

— O quê? — perguntou quando me olhou e eu estava pensativo. — Está no mundo da lua?

— Com certeza, eu estou perdido no mundo da Lua. — Ri com o trocadilho dela. Na verdade, deixei minha mente me levar ao meu último passeio aqui nesse shopping na companhia de minha filha. O coração acelerou com a dor das lembranças, mas fui salvo a tempo. Lua me cutucou.

— Aqui, pode ir ao provador.

No provador, tirei a camisa que vestia e parei em frente ao espelho, me olhando. Mas que merda eu estava fazendo? Puxando nós dois cada vez mais para o abismo? Afinal, essa relação não tinha futuro. Eu queria Lua na minha cama, estava fascinado por ela, mas havia um grande limite que eu não poderia ultrapassar.

Eu não sabia o que decidir.

— Vestiu? — Lua abriu a porta e espiou.

— Quase lá. — Estava abotoando. Ela entrou e me ajudou, em seguida, afastou-se para olhar.

— Oh! Ficou muito boa. — Ajeitou o colarinho. — Acentuou seu tom de pele, sonho de padaria.

Ri e a agarrei no provador.

— Mal posso esperar para chegar em casa e te mostrar o quão gostoso pode ser um sonho de padaria.

Lua deixou-me beijá-la por um momento, mas se fastou rápido, me empurrando.

— Componha-se. Vão pensar que estamos fazendo safadeza aqui dentro. Termine, te espero lá fora. — Ela estava saindo, mas voltou e beijou minha boca. Riu e saiu rápido.

———•———

NA MESA HAVIA UM VASO COM BELAS FLORES NATURAIS, TALHE-res, taças e pratos à espera do jantar que Claudia havia preparado conforme recomendei. No balcão, um balde de gelo com champanhe e vinho. Claudia tinha se recolhido, nos deixando a sós, como ela vinha fazendo nos dias que se passaram. Eu, já arrumado, esperava Lua, que decidiu se vestir depois de mim para eu não ver o vestido que ela havia comprado. E, quando saiu do quarto, não decepcionou. Estava linda, radiante e o sorriso iluminava seu rosto.

Ela deu alguns passos em minha direção e parou a passos de distância. O vestido contornava com perfeição seu corpo; e os cabelos avermelhados, soltos em cachos, eram uma linda combinação com a cor da roupa. Estendi a mão para ela. Lua a alcançou e abraçou-me.

— Você está linda.

— Obrigada. Você também não está nada mal.

A conduzi até a mesa, abri o vinho e servi a nós dois. Lua estava animada, todavia, ao mesmo tempo, parecia apreensiva. Ela suspirou nervosamente e tomou um gole de vinho.

— Acho que vai me deixar mais calma.

— O jantar está te deixando nervosa?

— Eu não deveria ficar nervosa em um jantar com meu marido. — Sorrindo, mordeu o lábio inferior.

— Para você, a nova Lua após o acidente, este é nosso primeiro jantar romântico. — Peguei uma faca e um garfo de churrasqueiro e me preparei para cortar o apetitoso cordeiro assado sobre a bancada.

— Sabe fazer isso?

— Tudo tem a primeira vez.

Mesmo assim, Lua levantou-se e me instruiu como deveria cortar cada fatia. Depois de cortadas e servidas no prato, reguei o molho por cima e levei os dois pratos para mesa, com a salada à parte.

Eu jamais tinha feito isso em minha vida, tão mecânica e sem graça. Eu fazia tudo artificialmente, não tinha paixão por nada, não queria aprender nada de corriqueiro como amassar um alho ou cortar um cordeiro.

— Você seria um ótimo garçom — debochou, me fazendo rir.

— Agradeço, senhorita. Espero uma boa gorjeta depois lá na cama.

— Ah, eu tinha me esquecido. Preciso ver todo o desempenho para dar uma nota.

O jantar foi especial e depois comemos a sobremesa que Claudia havia deixado no congelador. Peguei as taças com cuidado, lembrando de como ela tinha me orientado, joguei a calda pronta por cima e levei para a mesa na bandeja, tremendo muito, sem ter o equilíbrio necessário. Eu era o melhor em construção naval, mas não muito bom em servir mesas. Lua saltou da cadeira e me ajudou com as taças, se dobrando de rir da minha cara.

———•———

LIGUEI O SISTEMA DE SOM NA SALA, E ESTAVA NA ÚLTIMA PLAYLIST que deixei tocar. "*What's up?*" começou, enchendo o ambiente com a melodia contagiante. Retirei os sapatos, dobrei as mangas da minha camisa e puxei Lua para o meio da sala, apertando-a em meus braços bem a tempo de cantar:

And I pray, oh my God do I pray
I pray every single day
For a revolution.

Lua riu, os olhos levemente saltados, surpresa pela minha performance, girando-a com precisão pela sala, enquanto cantava uma música que embalou a minha juventude. Eu não sabia servir taças, mas conseguia guiar uma mulher em uma dança improvisada.

— É uma boa música — ela sussurrou, ainda hipnotizada, em meu rosto. — O que diz?

— Que eu não sei o que está acontecendo.

— Eu também... não sei... — Ela encostou o rosto em meu peito e abraçou-me, apreciando a batida alta da música.

— Às vezes, eu ficava tão tenso e desmotivado — sussurrei, confessando. Lua levantou o rosto para me encarar. — Mas, agora, é como se eu tivesse saído da *Matrix* e estou vivendo de verdade.

— O que é *Matrix*? — Ela riu.

— Por Cristo, Lua, eu preciso te apresentar tudo. Quero que aprenda tudo ao meu lado.

— Eu gostaria de aprender mais sobre você, Luke.

— Talvez não queira ver as minhas faces.

— É o que mais desejo.

Eu suspirei e assenti. A sinceridade em seu rosto quase me fazia acreditar que isso daria certo de alguma forma.

Afastei-a de mim, girando-a, mas prendendo-a pela mão. Lua gargalhou e, quando a puxei de volta para junto de meu corpo, enlaçou meu pescoço, se balançando no ritmo da música. O sorriso enorme me fascinando.

E cantei, baixinho, perto dos lábios dela:

And I say, hey hey hey hey
I said hey, what's going on?

— Eu me apaixonei — ela gritou.

— O quê?

— Eu acordei do coma e me apaixonei pelo meu marido.

Parei de dançar, olhando-a seriamente. Ao fundo, a música continuava como se manifestasse meus pensamentos dizendo que não sabia o que estava acontecendo.

O SEXO DAQUELA NOITE FOI MAIS QUE EXPLOSIVO, MAIS QUE carnal. Tinha muita emoção e Lua sorria com olhos brilhantes de lágrimas enquanto nossos corpos nus se uniam em uma dança erótica gostosa. Sentado na poltrona, eu a via dormir feliz. Eu lhe dei um dia inteiro de felicidade, talvez o melhor de sua vida, não era justo tomar aquilo dela.

— Me desculpe — sussurrei e saí do quarto.

No escritório, peguei o envelope com os documentos e olhei-os por um instante. Eu a farei assiná-los. Isso não tinha negociação. Meu pai deixou a casa para Lua como uma forma de vingança, pois sabia como era importante para mim. A casa era o único lugar em que morei com minha filha, as lembranças dela estavam lá. Foi cruel o que ele fez, sabendo o quanto eu a estimava.

Guardei os documentos e peguei o pacote que o delegado me entregou. Dentro havia a carteira do meu pai, o celular dele e a bolsa de Lua. Agitado e cheio de curiosidade, abri a bolsa e joguei todo o conteúdo na mesa do escritório. Havia muita coisa ali dentro, inclusive o celular. Tentei ligar, mas precisava da digital. Poderia conseguir isso mais tarde.

Deixei-o de lado e abri a carteira dela. Estava prestes a pegar os documentos quando uma foto me chamou atenção. Tirei-a e olhei.

Me desequilibrei de susto e me apoiei na cadeira.

Não. Como assim... mas que merda...

— Mas que porra é essa? — Minha voz estava embargada com o tamanho do meu horror.

Na foto estava Lua, um garoto e Beatriz, minha mãe.

19

O ELO

— EU NÃO SEI, CACETE! — BERREI AO TELEFONE, NA PRAIA, andando de um lado para o outro, falando com Murilo. — Eu não sei, não entendo. Me ajude, cara, me ajude a entender essa merda!

— Luke, acalme-se. Você está surtando.

— Você quer que eu fique sossegado como? A mulher que estou transando pode ser minha irmã. — Até mesmo falar isso em voz alta me causava desconforto.

— Você não tem certeza, ela pode ser amiga da Beatriz. — Tentou me acalmar, mas as suposições só pioravam as coisas. — O que houve mesmo com a Beatriz?

Olhei para a casa atrás de mim, onde Lua dormia tranquilamente.

— Ela foi embora quando eu tinha dez anos, nunca mais ouvi falar dela. Não sei se morreu ou o que houve.

— Certo. Você tinha dez anos e Lua tem vinte e cinco. Caramba! — exclamou, chocado. — Você é justamente dez anos mais velho que ela.

Existia a chance de Beatriz ter abandonado a mim e meu pai quando já estava grávida de Lua. O pânico me engolfou, fazendo meu estomago revirar.

— Caralho! Me ajude, cara. Peça ao detetive para mandar tudo o que já descobriu, mesmo que esteja incompleto, eu preciso saber.

— Luke, me ouça...

— Eu preciso saber, Murilo... Estou gostando dela, porra! Não entendeu ainda? Estou gostando dela e isso vai acabar com a gente se for confirmado.

— Ok. Vou agir imediatamente. Descanse e não deixe que ela desconfie. Lembre-se dos documentos que precisam ser assinados.

— Sim... Me ligue quando tiver mais informações.

Merda, merda!

Será possível que depois de anos Beatriz apareceria como um fantasma só para me atormentar? Eu já a tinha superado desde muito cedo, logo quando me dei conta de que ela havia ido sem nem se despedir de mim. Não havia motivos para guardar qualquer sentimento por uma pessoa que não teve o menor cuidado com uma criança.

Eu já a odiava antes e, agora, mais ainda.

Retornei para casa, guardei todos os pertences de Lua e não voltei para a cama. Não dava, era impossível voltar, aninhar seu corpo nu em meus braços, com uma suposição horrenda cercando a minha cabeça.

Deitei-me no sofá da sala e vi cada segundo da madrugada passar. Eu estava desesperado. E, apesar de quieto e calado, era um verdadeiro vulcão prestes a explodir por dentro. Tudo passou pela minha cabeça como um maldito filme do Michael Bay com cortes rápidos de cenas.

Meu pai sabia dessa ligação de Lua com Beatriz? E se ele sempre soube e estava usando-a para vingar-se da minha mãe de alguma forma? Ele teria me alertado quando eu disse que transei com Lua, teria dito se houvesse uma ligação sanguínea entre nós.

Ou não teria por que não acreditou em mim? Sentei-me no sofá com as mãos na cabeça.

Lua e eu não estávamos usando preservativo e me deixava sem ar a hipótese de que ela pudesse engravidar sendo minha irmã.

———•———

ANTES DO DIA AMANHECER TOTALMENTE, ME VESTI E FUI PARA A empresa. Um dos guardas estranhou minha chegada ainda estando escuro, mas não me importunou, pois, vez ou outra, era necessário ir cedo daquele jeito. Pensei em Lua ainda dormindo, indiferente a tudo que aconteceu. Ela tinha se declarado para mim. Merda! Isso azedava ainda mais a situação.

Andando sem parar na minha sala, tomei uísque de estômago vazio, esperei ansiosamente cada segundo passar. Quando Bernadete chegou às oito, pedi que cancelasse qualquer reunião ou compromisso do dia.

Ela também ficou sem entender o motivo da minha chegada precoce, mas apenas cumpriu minha ordem.

— Deseja um café, Luke? — perguntou, com o semblante preocupado. Ela me conhecia e sabia quando não estava nada bem.

— Apenas me avise se Murilo chegar. É urgente.

E, para meu alívio, Murilo apareceu às oito e meia.

— Entre, entre. — Puxei ele para dentro da sala sem qualquer cerimônia. — E aí, cara? Ligou para o detetive?

— Toma. — Estendeu um envelope para mim e eu o puxei com tanta força que quase o rasguei. — Acabei de passar no detetive, isso é tudo que ele tem até o momento.

Eu já estava de costas para ele, abrindo o envelope. Em desespero, joguei tudo na mesa e comecei a analisar.

Havia fotos e rascunhos do dossiê. Olhei a foto de um homem grandalhão, loiro, quase ruivo, e no verso estava escrito: Damião Carvalho, cinquenta e quatro anos. Depois, a foto de Lua com a legenda: Lua Maria, vinte e cinco anos, filha de Damião Carvalho e Dalva Dias.

Acho que até sorri quando li a legenda e tive que ler mais uma vez para ter certeza. Desabei aliviado na cadeira e dei um suspiro tão forte que fez os papéis sobre a mesa levantarem.

— Ela não é minha irmã — sussurrei para Murilo, que estava perto, olhando o material.

— Merda! Graças aos céus. — Ele jogou as mãos para cima. — Eu mal dormi de preocupação depois da sua ligação, conheço seu temperamento, teríamos que te internar em um manicômio caso as suspeitas se confirmassem.

— Eu juro que achei que ia enfartar — endossei o comentário.

— Veja isto. — Murilo me empurrou a foto do mesmo menino que eu havia visto ao lado de Lua e Beatriz, na foto que estava na carteira dela.

"Rafael Carvalho, treze anos, filho de Damião Carvalho e Beatriz Lima."

Antes de eu abrir a boca, Murilo declarou:

— Você tem um irmão, Luke. Você e Lua compartilham do mesmo irmão.

EU ESTAVA VOLTANDO PARA CASA, MAS QUERIA IR AO PRESÍDIO visitar Damião e tentar tirar dele mais algumas informações, porém Murilo me aconselhou a deixar o detetive terminar a investigação, pois, antes de tudo, tínhamos que saber o paradeiro de Rafael, o meu irmão.

Cheguei em casa febril de desejo, louco para encontrar Lua e a abraçar com voracidade, diminuindo o anseio que me torturou durante toda a madrugada e manhã.

— Lua — chamei.

Claudia estava na cozinha e me informou:

— Ela levantou bem cedo procurando o senhor, mas foi para o quarto de novo.

Corri em direção ao quarto.

— Lua — chamei novamente. Antes de chegar ao quarto, ela apareceu na porta e eu avancei cobrindo-a com meu corpo, abraçando-a aflito.

— Luke...? O que houve? Onde você foi tão cedo?

Eu não falava nada, só a abraçava, sentindo-a pequena e aconchegada contra meu corpo. Com esforço, Lua se afastou um pouco, sem sair do meu abraço e fitou meus olhos, preocupada.

— O que houve?

— Nada. Eu só precisei sair muito cedo, antes do sol nascer e fiquei morto de saudade.

Um tom brando tomou seu rosto. Ela assentiu, confiando em minha palavra.

— Está tudo bem? Você estava dormindo? — perguntei, dando uma olhada na cama atrás dela.

— Estava deitada lendo um livro que encontrei na sala.

— Ótimo. Vou me trocar e te farei companhia. Hoje está tranquilo na empresa, não precisarei voltar.

Deitei-me ao lado de Lua, lendo alguns e-mails enquanto ela voltava a leitura do livro. O tempo estava frio e foi gostoso ficar debaixo dos cobertores com ela, antes do almoço. Coisa que nunca tinha me permitido fazer. Antes, eu vivia para a empresa, e isso deixava Madalena furiosa.

Era engraçado pensar como quando Lua e eu nos conhecemos no bar, éramos dois estranhos. Mas, agora, tínhamos um elo que nos ligaria para sempre. Um irmão. Eu tenho um irmão. E pensar sobre isso não me amedrontava ou me causava revolta. Eu gostei de termos essa ligação.

20

SOB SEU DOMÍNIO

LUA

OS DIAS SE PASSARAM E NOTEI QUE LUKE TRANSPARECIA MAIOR tranquilidade, impossível de ser enxergada antes. Ele estava cada vez mais à vontade e descontraído. Quanto a mim, a única coisa que me incomodava era continuar aqui na casa de praia sem progredir, sem saber mais sobre mim e sobre minhas memórias perdidas.

Eu queria encontrar pessoas que pudessem me contar mais sobre a antiga Lua. Onde estavam nossos amigos? Por que ninguém além de Murilo tinha vindo nos visitar?

Luke sempre dizia que estava me preservando, que as pessoas poderiam ser inconvenientes, todavia ouvir isso só me afligia e acentuava ainda mais meu desejo por avançar.

Naquele dia, quando ele acordou às seis, levantei-me também. Havia em mim necessidade de fazer algo, sair da rotina, eu não lembrava do passado, mas reconhecia este aspecto de minha personalidade: não ficar parada.

— Poderia ter ficado dormindo — Luke ponderou, correndo comigo. Não tão ágil como quando ele se exercitava sozinho.

— Estou tão entediada. Me leve para ver a nossa antiga casa?

Ele apenas me olhou e não disse nada. Continuou correndo.

— Luke? Me ouviu?

— Sim. Irei providenciar.

Parei de correr e ele parou também, um pouco mais à frente.

— Cansou? — indagou.

— Por que você evita tanto me deixar sair daqui? Por um acaso, eu seria uma prisioneira?

Ele sorriu e voltou alguns passos até mim.

— Convenhamos que é uma boa prisão, não é? E eu sou um bom carcereiro.

Eu não sorri do ar zombeteiro dele, e isso fez Luke ficar sério novamente. Ele suspirou e concordou, balançando a cabeça.

— Sim, tudo bem, vamos ver nossa casa. Só vou pedir para que a limpem. Faz mais de duas semanas que está fechada.

— Obrigada. — Só então sorri e corri, ele me acompanhou.

LOGO DEPOIS DO ALMOÇO, CLAUDIA SAIU NA COMPANHIA DOS seguranças que ficavam rodeando a casa. Pela janela, vi Luke cochichar com ela como se a estivesse instruindo, em seguida entregou uma caixa a ela. Ela assentiu e entrou no carro. Perguntei-me se ela estava indo arrumar nossa casa, mas era uma suposição estranha, afinal Luke era muito rico e poderia contratar uma empresa de faxina. Quando o carro se afastou, Luke entrou em casa e parou diante de mim, no sofá. Olhei para cima e o admirei em toda sua virilidade e beleza, me atraindo feito um ímã.

— Sozinhos, enfim. — Ele estendeu a mão para mim e eu toquei nela. Ele me puxou do sofá, me agarrando, restando-me entrelaçar as pernas em volta da cintura e braços, rodeando seu pescoço.

— Para onde mandou Claudia? — questionei.

Jamais esconderia minha desconfiança.

— Arrumar nossa casa, como só ela sabe.

— Por que suas ações parecem suspeitas demais? — Indaguei.

—Talvez você tenha decidido me colocar na posição de desconfiança. Relaxe um pouco, querida.

Ele me levou para a cozinha e eu não entendi o motivo.

— Por que está me levando para a cozinha?

— Porque estou faminto de você. — E colocou-me na mesa, como da outra vez.

De pé, ele arrancou a camiseta e a bermuda logo seguida. Só de cueca, afastou minhas pernas e ficou ali no meio, escandalosamente gostoso. Eu adorava seu corpo, seus beijos, suas mãos percorrendo minha pele. Deixei de lado meus pensamentos nebulosos e abracei Luke, mergulhando no mar de prazer que ele sempre oferecia.

———•———

NO DIA SEGUINTE, ACORDEI BEM CEDO, ANTES MESMO DE LUKE acordar. Era um sábado, ele não iria para a empresa e queria continuar na cama.

— Luke, levante-se. Quero ver a nossa casa.

— Me deixe dormir, cacete — resmungou e colocou o travesseiro na cabeça. Eu não permiti. Abri as cortinas, puxei as cobertas até que ele se sentou na cama.

— Lua... vai pagar por isso.

— O.k., depois você me cobra. Levante-se, querido. Rápido.

Enquanto ele fazia tudo em câmera lenta, cheio de preguiça, mal me continha de ansiedade. Era o momento de conhecer a casa que Luke e eu morávamos antes do acidente. Eu podia ir sorrindo daqui até lá. Mas, no fundo, outro sentimento me acompanhava, não sabia se estava aflita ou amedrontada.

Não parecia uma grande coisa, mas para mim era um passo gigantesco desde que saí do coma. Eu esperava encontrar minhas coisas, meus objetos, os móveis que me eram familiares antes do acidente. Eu queria conhecer como era a vida da antiga eu.

— Tudo bem? — Luke me perguntou enquanto andávamos em direção ao carro que nos esperava.

— Sim. Só estou um pouco ansiosa. — Entrei com Luke no carro e seguimos viagem calados. Ele não parecia querer demonstrar, mas também estava ansioso.

Torcendo meus dedos e mordendo os lábios, vi todo o caminho que percorremos. As ruas que não reconhecia, as pessoas, os carros, toda a cidade que, agora, era estranha para mim. Eu só tinha Luke para me refugiar; às vezes, precisava lutar muito para não desabar.

A casa era linda, uma mansão. Uma mansão onde havia histórias, minhas histórias. Descemos do carro e, ao levantar o rosto para admirá-la em toda sua grandiosidade, tive um flash de lembrança. Eu reconhecia aquele lugar. Sorri e uma lágrima banhou minha bochecha.

— Lembrou-se de algo? — Luke postou-se ao meu lado.

— Sim. Foi rápido, mas, sim, eu vi essa casa e a reconheci.

— Que bom que se lembrou. — Não houve grande comemoração da parte dele — Venha, vou te mostrar tudo.

LUKE

TALVEZ EU ESTIVESSE SENDO UM GRANDE ESCROTO EM LEVAR Lua para a casa onde ela viveu os últimos momentos com meu pai. Mas eu já a estava enganando todo esse tempo, não custava empurrar mais uma mentira. Não havia outra casa para mostrar além dessa. Minha casa era apática demais.

No dia anterior, havia pedido para Claudia ajeitar o quarto principal. O lado bom é que ali ainda estavam os pertences de Lua de quando ela morou com meu pai.

Era justamente essa casa que ele tinha deixado para ela, mas o velho não contava com a minha perspicácia. Eu era a pedra no caminho da Lua golpista e iria tomar essa herança dela. Desculpe, querida, eu gosto muito de você, mas, disso, não abriria mão.

Lua analisava cada ambiente com concentração. Calado, eu a seguia. Ela entrou na sala de jantar, passos curtos e lentos. A sala onde aconteceu a ceia de Natal e tivemos nosso embate, a última vez que a vi antes do acidente. Ela percorreu os dedos pela mesa e ficou olhando um tempo ali.

— Quer subir? — Tirei a atenção dela daquele lugar, Lua não podia resgatar as memórias logo agora.

—Ah... Sim, vamos. — Subimos juntos e ela parou diante da porta branca do quarto onde minha filha passou os últimos dias antes de ser levada por Madalena.

— O nosso quarto era aquele. — Puxei Lua.

Eu havia ido morar aqui com meu pai, enquanto decorávamos a casa que Madalena e eu tínhamos escolhido, e como Rebeca estava um pouco doente, eu a queria perto do avô. Meu pai era o melhor médico do estado e morar ali com minha filha era por sua própria segurança. Foi nesta casa que passei os últimos melhores dias da minha vida, pois foram ao lado da minha pequena.

Lua entrou no quarto principal e sorriu, admirada.

— É lindo, Luke. Nossa foto. — Eufórica, ela apontou para a foto em um quadro grande na parede.

— Sim.

— Isso é tão... estranho, mas familiar ao mesmo tempo. Sabe quando você vê um lugar que lhe parece conhecido?

— Sim. Tipo um déjà-vu?

— Sim, isso. É como se eu fosse me lembrar a qualquer momento. Obrigada, querido. Obrigada por me trazer aqui.

— Estou fazendo tudo pela sua recuperação, meu bem.

Hoje mesmo você vai assinar os papéis me devolvendo esta casa.

QUANDO A NOITE CHEGOU, LOGO DEPOIS DO JANTAR, EU CON-frontei Lua com os documentos que trouxe comigo da casa de praia.

Primeiro, dei um beijo nela, fazendo-a suspirar. Lua estava em meus braços, totalmente receptiva, como sempre ficava quando eu a tocava. Acariciei seu rosto e, com os dedos, penteei seus cabelos. Os olhos verdes eram puro brilho me fitando; ela confiava em mim e estava apaixonada.

— Lua, meu bem. Você precisa assinar o seguro do acidente. Eu estava esperando sua mão ficar boa. — Beijei-a novamente. — Tudo bem se fizer agora?

— Claro, assino, sim — sussurrou.

Boa garota.

— Venha comigo.

Levei-a para o escritório do meu pai, coloquei os papéis sobre a mesa e lhe dei uma caneta.

Sinto muito, Lua. Eu, de verdade, sinto muito por isso.

— São muitas folhas para ler. — Posicionado atrás dela, massageei seus ombros. — Não precisa, mas, se quiser, tudo bem.

Ela anuiu e leu a primeira folha que era mesmo uma página de seguro de acidente, que estava ali apenas para enganá-la. Murilo pensou em cada detalhe.

Ela tirou os olhos dos papéis e olhou para trás, buscando meus olhos. Estava indecisa. Mesmo sem memória, Lua era desconfiada.

— Assine — sussurrei, sorrindo. — Depois, vamos para a nossa cama, como nos velhos tempos.

Ela observou o documento de identidade dela e assinou o nome em todas as folhas. Me entregou e sorriu satisfeita.

A partir daquele momento, Lua não tinha mais nenhum bem. Seja lá qual fosse seu plano inicial, ela não levaria nada do meu pai.

21

DORES

LUKE

— **PRONTO, AQUI ESTÃO.** — JOGUEI OS PAPÉIS ASSINADOS POR Lua na mesinha de centro do apartamento de Murilo. — Pode dar entrada na transferência.

Era domingo de manhã, ele estava sem camisa e de bermuda. E eu não tinha conseguido esperar até segunda para ir ao escritório dele.

— Conseguiu? — Perplexo, pegou os papéis. — Fez ela assinar? Como?

— Lua não resiste ao meu charme. — Joguei-me no sofá. — Só usei a paixão dela contra ela mesma.

— Bem frio da sua parte dizer isso. Quer uma cerveja? — Caminhou para a cozinha.

— Não bebo pela manhã.

Ele voltou com a cerveja e me encarou.

— Não me lembro de já ter sido caloroso. — Dei de ombros. — Há coisas na vida que devemos encarar friamente, como se fossem negócios. Gosto dela, quero continuar transando com ela, mas negócios são negócios; paixões, à parte.

— Esse é o velho Luke. — Apontou a garrafa para mim. — Ainda não encontramos seu irmão. Só mesmo Damião sabe onde ele está. Quer dar um pulinho no presídio? Hoje é domingo, dia de visita.

— Topa ir comigo? — perguntei.
— Já estou dentro. Vamos.

O LUGAR ME DAVA ARREPIOS. O FEDOR, OS OLHARES, A APA-
rência de descuido; em toda minha vida, nada tinha me intimidado tanto como um presídio. Podia entrar apenas um de cada vez, então decidimos que eu iria sozinho. Tive que ser revistado de todas as maneiras possíveis, o que considerei degradante e humilhante, me questionando como outras pessoas, inclusive mulheres, conseguiam passar por isso frequentemente para visitar seus entes.

Depois, fui levado para uma sala escura e úmida. Quando Damião entrou, curioso e desconfiado, seus olhos saltaram ao me ver.

— Onde está minha filha? — Foi a primeira coisa que ele perguntou. Um guarda o algemou na mesa e eu preferi ficar em pé, afastado.

— Antes, me diga, onde está o meu irmão?

Ele riu. Era um homem muito grande e de feições duras. Eu imaginava que, tanto aqui dentro quanto lá fora, ele infligia muito temor.

— Irmão de merda — retumbou com a voz rouca de fumante. — Sua mãe te abandonou pois não aguentava mais a vida medíocre dos ricaços. Ela encontrou em mim o que você e seu pai nunca puderam dar. Você não tem nada a ver com a nova vida dela, por isso não existe irmão nenhum.

— Que você faça bom proveito com aquela vaca. — Dei alguns passos na direção dele. — Acha mesmo que eu vou me abalar por causa daquela mulher?

Foi minha vez de dar risada e isso o pegou desprevenido. Apoiei na mesa e fiquei cara a cara com ele.

— Eu sou um homem poderoso, não preciso de qualquer ligação com você ou Beatriz. Mas... está sendo legal transar com Lua. Só quero saber onde está o tal garoto. Ele não tem culpa dos pais que tem.

Damião pareceu se abalar rapidamente quando eu falei que transava com Lua. Vi sua garganta subir e descer, engolindo. Mas se recompôs e falou de um jeito cantarolado:

— Lua sempre foi uma menina gananciosa, ela sabia do filho de Beatriz. Ela tinha ódio de você por ser tão rico e nunca ajudar a mãe e o irmão. — Essas palavras me interessaram e eu o observei. — Lua achava que tudo era sua culpa. Então, ela veio e me pediu ajuda.

— Você é a porra de um mentiroso. — Ri e andei até a porta.

— Ela ia acabar com seu pai e depois com você. — Quando ele falou isso, parei e voltei. Saboreando as palavras, Damião continuou: — Primeiro, jogar pai contra filho. Ela conseguiu? — Riu, ironicamente. Sim, conseguiu.

— Depois, mandar o velho para o cemitério. Conseguiu?

Sim.

— Em seguida, colocaria as garras em você. Faria você cair de quatro por ela e, por fim, você iria para o cemitério e, então, seu irmão, como único familiar vivo, herdaria tudo.

Fazia sentido. Era como se as peças quisessem se encaixar contra a minha vontade. Em meu interior, quis lutar contra os argumentos, mas era muita coincidência. Talvez fosse tudo mentira. Ou mesmo que fosse verdade, Lua era outra pessoa agora. Eu sabia que estava pálido. Tentei contestar, mas nada saiu da minha boca. Damião gargalhava, tinha acabado de dar xeque-mate. Desorientado, saí da sala, andando meio grogue. Na minha cabeça, apenas uma indagação: e se Lua estiver mentindo sobre a perda de memória?

———•———

DE MANHÃ, ANTES DE IR VER MURILO, LEVEI LUA DE VOLTA PARA a casa de praia e não queria encontrá-la agora, eu precisava digerir tudo sozinho, pensar em uma saída e em todas as possibilidades. Fui para minha casa. Murilo me aconselhou a confrontá-la, contar toda a verdade, dizer que ela era casada com meu pai antes do acidente. Os olhos de Lua me diriam a verdade, se ela estava ou não me enganando. Entretanto, essa atitude seria uma forma de me perder, de perder aquela mulher e, enfim, ser um ninguém sozinho e abandonado novamente. Me vi imergido em contradição: queria entender o que Lua escondia, mas queria preservá-la, só para não me privar de sua presença.

Peguei uma vodca que estava na geladeira e caminhei para o sofá. Olhei para a foto da minha filha e deixei uma lágrima escorrer. O ódio era sempre maior que a tristeza. Gostaria que Madalena estivesse aqui para puni-la, queria que ela pagasse pelo o que fez.

Acionei a polícia quando soube que Madalena tinha levado a menina. Dei queixa como sequestro e eles logo começaram a procurar. De olhos fechados, na sala escura, deixei minha mente voltar àquele dia. Abri o portal das lembranças e mergulhei de cabeça. Raramente eu me deixava visitar o passado, mas era dia de revivê-lo.

— Eu quero essa mulher na cadeia — berrava, andando de um lado para outro, o rosto transfigurado de ódio. Murilo e meu pai tentavam me acalmar.

— Luke, temos que agir com cautela...

— Ela levou minha filha, pai. Como quer que eu aja com cautela?

— Eu sei, filho, mas Madalena é mãe e sabemos que ao menos ela não fará nada de ruim.

Aquelas palavras não eram suficientes. O meu maior medo é que ela tirasse minha filha para sempre de mim.

———•———

LUA

MINHAS LÁGRIMAS TINHAM SECADO. DESISTI DE CHORAR E DECIDI agir. Minha perda de memória não me invalidava, eu ainda era forte para tomar dianteira da minha vida e criar meu próprio caminho. Não ia mais ficar ali depois de ter descoberto coisas assustadoras sobre mim, coisas que Luke não havia me contado.

Luke me trouxe na casa de praia e disse que precisava ver Murilo. Então, entediada e sem ter o que fazer, andei pela casa e entrei no escritório dele. Eu tinha consciência que estava me portando de forma inconveniente entrando em um lugar íntimo, mas a curiosidade falou mais alto. Vi o que jamais esperaria. Era um envelope grande, que logo chamou minha atenção e estava sobre a mesa. Eu poderia ter simplesmente ignorado, porém o desconforto me invadiu ao ler meu nome do lado de fora.

Me recriminei por querer ver algo que não era da minha conta, mesmo tendo meu nome por fora. Olhei para fora do escritório, Luke ainda não tinha chegado. Seria só uma espiadinha.

Dentro tinha muita coisa sobre mim. Incluindo fotos.

Damião. Aquele era meu pai. Meu coração apertou, amedrontado. Outra foto, minha mãe; e mais outra: Rafael Carvalho, treze anos.

Com a mão na boca, horrorizada, encarei o menino que tinha olhos como os meus. Eu tinha um irmão e Luke o escondeu de mim.

Intrigada e já desconfiada desde os últimos dias, fiz o que deveria ter feito há muito tempo: recorri à internet. Primeiro, procurei por Luke Ventura. Apareceram várias notícias recentes sobre ele, cliquei em uma que dizia: "Luke Ventura de luto". A matéria era sobre a morte do pai dele e senti um solavanco interno ao ver a foto do senhor que apareceu em meu pesadelo.

Sem perder tempo, decidi me aprofundar. A próxima pesquisa foi: William Ventura. E, para meu completo horror, em uma matéria havia uma foto minha.

"William Ventura morre e sua noiva fica em estado grave."

Na legenda da minha foto dizia claramente: noiva de William Ventura.

O quê? Eu era... noiva do pai de Luke?

LUKE

QUANDO MADALENA ME ABANDONOU, PASSEI UM DIA E UMA NOITE sem descansar, sem comer, sem tomar banho. Só esperando por um novo contato dela. Estava disposto a barganhar qualquer coisa, desde que ela trouxesse nossa filha de volta.

A dor de perder, ser abandonado, estava me sufocando, era um punhal girando no meu peito. Eu já tinha experimentado dor igual quando Beatriz nos deixou e não aguentaria viver sem saber onde minha filha estava. Não queria me tornar um fantasma.

Foram dois dias submerso em aflição até a polícia localizar Madalena em um voo para o Japão. Japão? Como assim? Por que ela iria tão longe? Isso foi o que mais me deixou aterrorizado. Se ela foi para longe, não tinha intensão de voltar. Era mais do que apenas me punir, era um plano de vida que ela estava seguindo.

Ela não estava sozinha, tinha ido na companhia de um homem que, quando ouvi o nome, soube que era o colega de faculdade dela.

Eu não surtei, não quebrei nada, não berrei. Me segurei calado, de cabeça baixa, sabendo que todos naquela sala me olhavam com pena. O marido que tinha tudo e mesmo assim fora traído e abandonado. Era assim que me viam. Eu só queria ver minha filha... Era tudo o que me importava. Madalena que ficasse com quem quisesse.

LUA

— FALE! — **JOGUEI OS PAPÉIS SOBRE A MESA DA COZINHA, ASSUS-**tando Claudia que deu um pulo de susto. — Me fale agora que isso é uma grande mentira.

Eu devia estar medonha, com a voz chorosa, atropelando as palavras e os olhos vermelhos do pranto.

Ela limpou as mãos em um guardanapo e cautelosamente aproximou-se. Deu uma olhada na foto que estava na matéria do site no tablet que joguei na mesa. Suspirou e evitou me olhar.

— Me diga, Claudia! — Berrei, sem um pingo de controle. Instantaneamente, as lágrimas voltaram a brotar. — Quem eu sou? O que eu sou dele...? O que estou fazendo aqui? O que ele quer de mim?

— Lua... eu...

A abordagem de pressionar não estava surtindo efeito, então apelei para a piedade dela.

— Não direi a ele que me contou. Só me tire dessa escuridão confusa. Eu estou surtando, preciso de uma luz em meio a isso tudo. Luke não é meu marido?

— Não. Ele não é — confirmou, em um tom baixo.

— Ah, meu Deus... — Chorei. Claudia apressou-se em puxar uma cadeira para eu me sentar. — Por que ele fez isso? Quem eu era na vida dele?

— Você era noiva do pai dele... mas Luke gosta de você, Lua. Não tenha dúvida disso.

— Tudo o que ele me contou. — Olhei para a aliança na minha mão. — As nossas fotos... As fotos de casamento, Claudia.

— Luke já foi casado, querida. Eu sinto muito por isso... A esposa dele chamava-se Madalena e também era ruiva.

LUKE

MADALENA LIGOU PARA MEU CELULAR DOIS DIAS DEPOIS, ÀS TRÊS da manhã. Atendi com o coração saltando nos tímpanos. Esperei muito por aquele telefonema. A fúria corria em minhas veias.

— Onde você está? — Berrei, em plena madrugada. — Traga minha filha de volta, sua desgraçada!

— Luke, se você não se acalmar, eu desligo.

— Onde vocês estão?

— Em uma ilha em Tohoku, no Japão. Um lugar maravilhoso para esquiar. — Deu uma breve risada irônica. — Devia experimentar, querido. Ah, lembrei! Você não abandona essa empresa por nada. Estou fazendo o que você nunca fez com a gente: viajar.

— Deixe-me falar com ela. — Eu estava tremendo de raiva e ofegando, como se estivesse correndo.

Madalena não contestou.

Ao ouvir dizer do outro lado da linha: "é o papai", toda a raiva que eu sentia se escondeu:

— Oi, papai.

Ela tinha três anos. Era o amor da minha vida.

— Oi, meu amor. Como você está?

— Bem... Quando você vai viajar com a gente, papai?

— Em breve, irei te buscar. O papai te ama e vou te abraçar bem apertado quando a gente se encontrar.

— Te amo, papai.

— É o seguinte, Luke. — Madalena assumiu a ligação. — Eu te entrego a menina e dou o divórcio. Mas quero dez milhões de dólares. Cinco antes e cinco depois que você estiver com ela. Eu não vou requerer a guarda, será sua, mas com essa condição.

— Sua tratante miserável... — Cerrei os dentes.

— Me ofender é pior. Sua resposta é sim ou não?

— Eu aceito. Mas só quando você estiver em solo brasileiro. Não depositarei nada enquanto não vir minha filha. Não envolverei a polícia, será apenas você e eu.

— Combinado.

———•———

LUA

ENTREI NO QUARTO E JÁ NÃO CHORAVA MAIS. SÓ SENTIA RAIVA.
Sentia raiva por ter sido enganada e por ter perdido todas as verdades da minha vida. Eu tinha um irmão, uma família, e não era com Luke. E doeu constatar isso, pois, no fundo, queria ter uma família com ele.

Vi uma pequena bolsa dentro do closet, peguei-a e comecei a escolher algumas coisas necessárias. Eu não tinha um lugar em mente para ir nem a quem pedir ajuda. Eu só não podia mais ficar aqui esperando Luke com mil mentiras e a tentativa de me fazer mudar de ideia.

Em meio à adrenalina do momento, senti um mal-estar e me sentei na cama para não cair. Olhei aquela cama onde passei noites prazerosas nos braços daquele homem, ele tinha feito com que eu me apaixonasse, mesmo sabendo que tudo não passava de mentiras.

Meu estômago embrulhou e eu tive que correr para o banheiro. Enquanto vomitava, o desespero aumentava.

E se eu estivesse grávida do canalha?

LUKE

NAQUELA MADRUGADA, ASSIM QUE MADALENA DESLIGOU A CHA-
mada, liguei para Murilo e contei sobre o ultimato dela, a proposta indecente. Murilo era contra o pagamento e queria que eu preparasse uma emboscada para quando ela chegasse. Eu não desejava mais delongas, pagaria o preço que fosse para tirar Madalena de nossas vidas. Queria minha filha e pronto. Dinheiro eu conseguiria muito mais depois. Foi a coisa mais nojenta que já encarei: a própria mãe vendendo a filha. Nem dormi mais, tamanha ansiedade. Esperava dar nove da manhã para ligar no banco e preparar o montante que

deveria ser retirado dos cofres da empresa. Não importava, minha filha valia mais.

O dia não passava, as horas não passavam e Madalena não me dava notícias. E eu parecia me corroer em más intuições. Era um presságio doloroso que balançava meu coração de pai; eu só teria paz quando ela ligasse dizendo que estava de volta ao país.

Mesmo desorientado, esperando notícias, tive que ir trabalhar. Eu sabia da diferença de horário entre Brasil e Japão e elaborei na minha mente em que momento ela sairia de lá. Esperava que fosse no primeiro avião da manhã. Prometi a mim mesmo que não brigaria com ela. Apenas pegaria Rebeca e levaria para casa.

Às cinco da tarde, em onze de março de dois mil e onze, minha vida acabou, e essa data ficaria marcada para sempre em meu coração. O expediente estava terminando quando Murilo e meu pai entraram na minha sala. E eu sabia que era algo ruim quando vi meu pai, ele quase nunca vinha à empresa. Murilo estava assustado e meio pálido.

— O que houve? — Caminhei até eles. — Fale, Murilo.

— Filho... ainda é cedo para afirmar qualquer coisa...

— O que aconteceu, porra? Me falem!

— Madalena já pode estar no avião, a caminho do Brasil, e conseguiu se salvar... — Murilo resmungou, sem um pingo de convicção.

— Se salvar? De quê?

Meu pai abaixou a cabeça entristecido, então meu amigo falou:

— Acaba de acontecer um tsunami no Japão... Na área onde Madalena disse que estava.

———•———

LUA

ERA QUASE IMPOSSÍVEL SAIR DA CASA SEM QUE OS SEGURANÇAS percebessem e me impedissem. Comovida com meu dilema, Claudia decidiu me ajudar. Eu ia ficar na casa dela enquanto procurava mais detalhes sobre minha vida, sobre onde estava o meu irmão.

Por um momento, ela insistiu para eu esperar por Luke. Para que eu não o abandonasse.

— Lua, mesmo ele tendo te enganado, Luke gosta de você; nessas semanas que passamos aqui, presenciei a mudança dele. Era um homem que eu jamais tinha conhecido — argumentou.

— Claudia, eu não vou sentar aqui e ouvir qualquer coisa que ele possa falar. Eu preciso conhecer minha vida e só quem pode me contar são meus familiares. Não confio mais em Luke.

Então, ela pediu ao segurança para levá-la à casa dela — como sempre faziam —, e outro iria ficar vigiando a casa. Pediu para o homem entrar e pegar uma sacola para ela e, enquanto ele afastou-se do carro, entrei e abaixe-me no banco de trás.

Durante todo o caminho percorrido, refleti sobre meus últimos dias e sobre a minha decisão. Senti um nó apertar minha garganta; a sensação era ruim, de estar sozinha por conta própria em um mundo que eu não conhecia. Todavia, eu não era covarde. Podia não ter lembranças, mas sabia que não era uma medrosa.

O plano tinha dado certo. Claudia me escondeu na casa dela, em um quarto de hóspedes que, segundo ela, ninguém entraria ou me procuraria ali. Em seguida, saiu e voltou para a casa de praia, para esperar por Luke.

LUKE

FORAM OS PIORES DIAS DA MINHA VIDA. A DOR PARECIA ENTOR- pecer ou deixar tudo dormente. Eu não falava nada, mal comia e precisava de remédio para dormir. Às vezes, acordava aos gritos durante a madrugada, molhado de suor. Eu me resumi a um rascunho de homem enquanto minha filha estava desaparecida, chegando a perder mais de vinte quilos em questão de dias.

No espelho, a beleza tinha dado lugar a um rosto ossudo com todas as marcas das dores internas. Todos tinham pena de mim, tentavam me confortar, mas nenhuma daquelas palavras aliviariam minha dor.

O dia que me ligaram, dezessete dias depois, dizendo que tinham encontrado Madalena e Rebeca, eu chorei como se tivesse acontecido naquele dia.

Eu torcia para que a tragédia a tivesse atingido enquanto estivesse dormindo, para minha filha não sofrer. Mas ouvi meu pai falar com Murilo, e Rebeca faleceu um dia depois da tragédia em decorrência dos graves ferimentos, soterrada.

Fui para o aeroporto esperar. Havia muita gente, curiosos e repórteres que lutavam por uma foto exclusiva minha. A notícia estava em todos os jornais. Eu estava entorpecido, não olhava para ninguém, agia roboticamente em meu mundo morto.

O avião que trazia os corpos pousou e me permitiram ultrapassar a área limite; fui escoltado por policiais até lá. Bombeiros tiraram primeiro o caixão grande e, depois, veio o pequeno, branco. Era o meu bebê ali dentro.

Eu não saí do lado dela nem por um segundo. E, quando foi levado ao cemitério, não deixei que ninguém a carregasse. Sozinho, segurei o pequeno caixão branco em meus braços e a levei pelo cemitério. Era o abraço apertado que eu havia prometido a ela.

As pessoas, conhecidos e amigos, estavam reunidos diante da pequena cova, e eu coloquei com cuidado o caixãozinho no suporte. Lembro de sentir Murilo e meu pai ao meu lado e, naquele instante, ao longe, apenas espiando, vi Beatriz.

— Desculpe, meu bebê, o papai não vai viajar com você — sussurrei diante da urna. — Você não estará sozinha, está indo para um lugar lindo. Minha princesa, desculpe por não ter aprendido a pentear seus cabelos, por trabalhar tanto e não poder brincar de boneca com você. Eu queria poder ter mais uma chance.

Eu estava derrotado, em frangalhos.

Enquanto abaixavam o caixão na cova, eu via meu coração sendo enterrado também.

22

A CONSEQUÊNCIA DE UMA MENTIRA

ACABEI DORMINDO NA POLTRONA DA SALA. AS LEMBRANÇAS DO passado me atingiram com crueldade, fazendo-me cair em inconsciência. Eu odiava reviver aqueles dias, eles me faziam mal.

Olhei em volta, a garrafa de vodca caída no tapete da sala e meu celular tocando na mesinha. Passei a mão na boca e nos olhos antes de pegar o celular. Era Lua.

— Oi, Lua, já estou chegando.

— O que você me fez assinar?

— O quê? Como assim? — despertei totalmente.

— Ontem... O que eram aqueles papéis?

A voz dela estava embargada, eu sabia que algo tinha acontecido. O temor tomou conta do meu coração.

— Lua... eu estou chegando em casa e a gente conversa.

— Não! — gritou. — Me fala logo até que ponto você me enganou, Luke.

Com rapidez, comecei a calçar o tênis.

— Eu não sei do que você está falando. — Enfiei a carteira no bolso e peguei a chave do carro.

— Não precisa mais mentir, Luke. Eu já descobri tudo, não sou sua esposa porcaria nenhuma, eu era noiva do seu pai.

Foi como uma bomba na minha cabeça. No mesmo instante, parei no meio da sala, atônito, sem fala, ouvindo-a chorar. Em seguida, recobrei meu autocontrole, as engrenagens em minha mente tentavam encontrar uma justificativa plausível que a fizesse acreditar.

— Estou chegando para conversarmos. Não saia daí, por favor.

— Tarde demais.

Assim que a ouvi dizer aquilo e a ligação ser encerrada logo em seguida, foi como se todo o ar ao meu redor tivesse acabado. Aflito e sem aceitar mais um abandono, saí correndo enquanto tentava falar com o segurança. Ele atendeu o celular e eu gritei para não deixar Lua sair da casa ou ir para qualquer lugar até eu chegar.

Sabia que tinha errado com ela e que minhas intenções não eram das melhores, mas agora tudo tinha outra perspectiva. Eu queria Lua, queria continuar vivendo a doce sensação de uma vida plena que ela me ofereceu. Passei por amarguras durante todos os anos que se passaram, e agora tinha provado um pequeno doce de uma vida apaixonada, não queria deixar escapar pelos meus dedos.

Cheguei à casa de praia, desci do carro e entrei afobado, mal conseguindo respirar.

— Lua! — gritei.

Claudia veio da cozinha e, pela expressão, eu soube que algo havia acontecido.

— Luke. Ela não está — falou de uma vez.

— Como assim, não está?

— Eu saí por alguns minutos, um segurança me levou, mas outro ficou aqui. E, quando voltamos, Lua não estava mais.

Merda! Merda!

Com as mãos na cabeça, dei alguns chutes no sofá antes de me sentar.

Merda!

— Por que fui me meter nisso, Claudia? Por que não continuei em minha vida robótica e fria?

Eu não esperava por respostas e Claudia sabia que não precisava. Apenas ficou lá, assistindo à minha derrota, calada.

———•———

PASSEI EM CLARO A PRIMEIRA NOITE DEPOIS QUE ELA FOI EMBORA. Planejei destruir Lua Maria quando meu pai ainda estava vivo, tive fúria em cada célula de meu corpo e aquelas emoções me alimentavam. Depois de anos, eu estava sentindo algo.

O ódio é tão potente quanto o amor, e ambos viciam. No fundo, o ser humano gosta de sentir ódio, porque o preenche, alimenta a alma. O meu, que antes estava voltado para Madalena e Beatriz, foi direcionado à Lua.

Porém, fui fraco quando permiti que meu coração fosse tocado. E, diferente do ódio e do amor, a sensação de perda e solidão não era nada agradável. Pela manhã, tive esperança de que ela pudesse voltar, afinal não havia onde se refugiar. Lua estava sem dinheiro e sem memória e, ao olhar o closet, vi que todas as suas roupas continuavam ali. E isso era o que mais me preocupava: ela estava em algum lugar desamparada, à mercê de pessoas más, como Damião e seus capangas.

— Não teve notícias dela? — Claudia perguntou assim que cheguei à cozinha, já arrumado para o trabalho.

— Ainda não. Continuo procurando por ela.

Não fazia sentido eu continuar ali, na casa de praia, porém disse a Claudia que ficaríamos ali por mais um dia, caso Lua decidisse voltar, mesmo achando impossível, pois era uma mulher decidida, com ou sem memórias.

Tirei o horário do almoço para percorrer as ruas na companhia de Murilo. Olhamos bairros mais afastados, pontos onde tinha moradores de rua e visitamos algumas delegacias. Ela poderia ter pedido apoio à polícia, mas não o fez.

— Lua pode ter ido atrás de pistas sobre a vida dela. Qual o primeiro lugar que ela iria? — Murilo questionou, enquanto eu atentamente olhava as calçadas, as lojas e as pessoas caminhando pelas ruas.

— Damião — falei, sem olhar para ele. Lua pode ter ido visitá-lo. Mas ele jamais me dirá se ela esteve ou não por lá.

— Só mantenha a calma. Vamos fazer uma lista de abrigos para pessoas carentes, onde Lua pode estar passando um tempo.

Assenti, mas sem muita esperança. Era terrível essa sensação de ser abandonado, de procurar e torcer tanto para a pessoa estar bem. Conforme se passavam as horas e os dias, eu percebia que ficava mais difícil encontrá-la a salvo. Na segunda noite, abracei o travesseiro de Lua e sofri sozinho as consequências de minhas próprias ações. Ninguém além de mim tinha culpa pelo sumiço de Lua. Acordei com o celular tocando. Era Murilo.

— Oi. — Pulei da cama e atendi. Meu coração disparou com a suposição de que ele tinha notícias de Lua.

— Luke, eu estava pensando, você confia cegamente em Claudia?

— Não, não confio em ninguém. Por quê?

— Isso tudo está bem estranho. Lua desaparece do nada e os seguranças afirmam que não a viram sair. Você precisa investigar Claudia ou ao menos usar seu tom rude para ameaçá-la.

— Acha que ela sabe de algo?

— Se não souber, o máximo que vai acontecer é tremer de medo.

— Tem razão, vou surpreendê-la na casa dela.

LUA

— **ELE VOLTOU HOJE PARA A CASA DELE NO CONDOMÍNIO — CLAU**-dia falou, e automaticamente um impulso de raiva me tomou. Raiva de Luke e suas mentiras.

Ele teve a cara de pau de me enganar mostrando aquela mansão sendo que não morava lá, tinha a própria casa em um condomínio de luxo.

— Como ele está? — perguntei e me arrependi assim que fechei a boca. Porém, havia em mim uma necessidade bizarra de saber se ele estava desesperado, queria que ele fosse punido pelas mentiras que me contou.

— Ele está abalado — Claudia respondeu, servindo-me café. — Fazia anos que não via emoções em Luke. E estou nervosa por estar te acobertando e mentindo para ele.

— Claudia, eu posso ir para um abrigo. Você pode perder o emprego por minha causa.

— Não se preocupe com isso. Eu tenho o suficiente para me manter caso Luke me demita. — Sentou-se à mesa comigo. — Além do mais, eu estou mantendo você segura, ele tem que me agradecer por isso.

Após o café, Claudia foi preparar o almoço e eu voltei para o quarto onde estava me hospedando. Olhei para o celular sem bateria e suspirei apreensiva. Luke não poderia me rastrear com o celular desligado.

Sentei na cama, me lembrando com pesar de cada momento gostoso que passei com ele. Eu sentia falta do canalha, ele me conquistou, me fez querê-lo e cair de paixão.

Marido. Ri, tripudiando em pensamento. Fui burra o bastante para achar que um homem tão poderoso e podre de rico fosse mesmo o meu marido.

Malditos ele e a saudade que me corroía, mesmo tendo ódio.

———•———

— O QUE VOCÊ SABIA DA MINHA VIDA, CLAUDIA? — INDAGUEI, enquanto estava ao lado dela raspando a casca das cenouras na cozinha.

— Infelizmente, nada. Eu não tinha contato com você, Luke era afastado do pai. Na verdade, uma noite, eu o ouvi ligando para Murilo e estava com muita raiva do pai e de você. Foi logo depois da ceia de Natal.

— Não entendo por que ele me enganou dessa forma, me tratando com carinho quando me detestava. Ele é tão maligno a ponto de dissimular sentimentos como paixão?

— Não pense assim. Luke estava começando a gostar de você com o passar dos dias.

— Não, Claudia. Mesmo depois de tudo isso, ele ainda me fez assinar documentos que eu nem sabia o que eram. Luke não gostava de mim.

A campainha tocou. Claudia enxugou as mãos em um guardanapo e olhou a panela no fogo.

— Fique de olho nessa panela, Lua. Vou atender a porta.

— Tudo bem.

Peguei a colher, mexi e provei um pouco. Claudia tinha um tempero maravilhoso.

— Luke, você não pode invadir minha casa assim... — Ouvi a voz alta de Claudia e abaixei-me imediatamente atrás da bancada. Meus olhos saltados, a mão no peito notando o coração disparado. Ele estava aqui.

— Eu exijo que me diga onde Lua está, isso já deixou de ser uma brincadeira. O caso é sério.

— Luke, eu te disse que não...

— Eu não acredito — ele a interrompeu. — Você pode fazer por bem ou esperar que eu vá te denunciar como sequestro e conseguir, assim, um mandato para a polícia olhar sua casa. Estou te dando opções.

Vi que a porta do quartinho de hóspedes estava aberta. Espiei por cima da bancada, Luke estava vestindo um de seus ternos caros, com a expressão de todo-poderoso para cima de Claudia. De quatro, rastejei pelo chão e entrei, sem ser vista, no quarto onde eu estava ficando.

— Luke, você não tem permissão de olhar minha casa. Eu posso chamar a polícia. — Passadas fortes se aproximavam.

Peguei minhas coisas sobre a cama, enfiei tudo na bolsa preta e a escondi no vão entre a parede e o armário. Abri uma porta e me enfiei entre umas roupas velhas cheirando a mofo e naftalina. A porta do quarto abriu.

Fechei os olhos e me encolhi dentro do armário, abraçando meu próprio corpo.

— Luke, eu estou pedindo que saia da minha casa. Não tem nada aqui, está vendo?

— E essa porta?

— É um banheiro.

Ouvi ele abrir a porta do banheiro.

— Você o usa?

— Sim, porque é perto da cozinha.

— Claudia, eu estou só o caco nos últimos dias. Planejei ferir Lua emocionalmente, você sabe, mas as coisas mudaram. Eu a quero ao meu lado, quero protegê-la e ajudar em sua recuperação. Por favor, não a esconda de mim.

Engoli em seco ao ouvir as palavras dele. Nunca mais seria como antes, nunca mais conseguiria acreditar nele.

— Prometa me avisar caso fique sabendo de algo.

Ouvi os passos se afastarem, saindo do quarto. Esperei até a porta abrir novamente e a voz de Claudia ressoar.

— Lua.

Empurrei a porta do guarda-roupa e saí.

— Ele já foi?

— Sim, tranquei as portas. Ele não vai voltar.

— Ele parecia determinado.

— Ele está. Vamos tomar mais cuidado.

Eu não queria ser encontrada por ele, não antes de ter respostas para todas as minhas perguntas.

LUKE

CINCO DIAS SE PASSARAM E EU NÃO TIVE NOTÍCIAS DE LUA. Coloquei um detetive para investigar, percorri cada necrotério, delegacia e hospital de toda a região. E não a encontrei. Minha alma se impregnava de alívio após cada uma dessas visitas. Era melhor ter a esperança de reencontrá-la do que a certeza de que nunca mais a teria em meus braços.

Tentei falar com Damião novamente, mas foi em vão. Ele nem mesmo quis me receber em um dia de visita no presídio. E, pensando bem, ele não devia saber sobre o paradeiro dela ou não me falaria se soubesse.

Minha vida foi novamente jogada no poço da solidão. Voltei para minha casa e a trabalhar feito um louco na empresa. Às vezes, eu ficava bem depois do expediente, concentrado desenhando ou corrigindo projetos. Mas, mentalmente, ainda havia a preocupação com ela. O trabalho conseguia me segurar para eu não perder o controle de minha lucidez de vez. Meu modo de sofrer era diferente do comum. Eu jamais iria para um bar tomar todas e ser rebocado até em casa. Exercitar o limite e trabalhar até tarde era o que mantinha minhas dores aplacadas.

— Luke, já estou indo, precisa de mais alguma coisa? — Bernadete espiou na porta da minha sala.

Eu estava na mesa de desenho, com o projeto de um petroleiro aberto. A camisa por fora da calça, as mangas dobradas, faminto e, provavelmente, cheirando a suor. Mas ainda ficaria mais um pouco.

— Pode ir, Bernadete, preciso terminar isso aqui.

— Tudo bem. Até amanhã.

Voltei a me concentrar no projeto, fazendo cálculos e riscando centímetro por centímetro. Nem vi o tempo passar, até que ouvi dois toques à porta e levantei o rosto. Era Murilo, carregando um pequeno engradado de cerveja.

— Ainda na labuta? — Colocou-o sobre a mesa e jogou suas coisas em uma poltrona. Estava vindo do escritório, provavelmente.

— Pois é. Como entrou?

— Seus homens já me conhecem. Vamos trocar uns murros lá em cima? Você está precisando de uma surra.

Deixei o lápis de lado e o encarei.

— Diga que sim, vai — insistiu. — Por favor, já faz tanto tempo que não arrebento esse seu queixinho bonito.

Balancei a cabeça de um lado para o outro, rindo. Deixei o projeto de lado e aceitei o convite de Murilo.

MURILO E EU FAZÍAMOS AULA JUNTOS COM O MESMO PROFESSOR e sempre treinávamos na minha academia particular. Eu não estava totalmente sozinho na vida, tinha meu amigo, meu irmão de coração para me apoiar.

Ele tinha razão, a troca de socos estava esquentando meu sangue e encobrindo todas as preocupações.

— Direita, esquerda, direita, defende — Murilo cantava, enquanto aplicava os golpes só para me provocar.

Girei o corpo no ar e, com a perna, acertei-o em cheio no queixo, pegando-o desprevenido, não dando chance de defesa.

— Porra — gemeu no chão. Rindo, fui até ele e o ajudei a levantar.

— Ficou zonzo? — gargalhei.

— Ah, vá à merda. Vamos tomar uma. Acho que deslocou meu maxilar.

Cada um pegou uma cerveja e nos sentamos para beber. Eu estava lavado de suor e queria um banho com urgência; em seguida, cama. Mas quando lembrava que Lua não estaria lá, meu coração se encolhia.

— Está numa boa ou ainda triste por causa de Lua? — Murilo questionou, parecendo ler meus pensamentos.

— Não vou conseguir tirar ela da cabeça tão fácil. Ela está em algum lugar desconhecido, sem memória... Me amedronta pensar o que pode ter acontecido.

— Tem uma forma de saber onde ela está. Pode dar certo.

— Como?

— Vamos vigiar a porta do presídio em dia de visita, se virmos um daqueles caras que te abordou no estacionamento, basta seguir. Pode ser que saiba sobre o paradeiro de Lua.

23

O CATIVEIRO

LUA

— **CLAUDIA, DE VERDADE, AGRADEÇO POR ME MANTER ESCONDIDA** todos esses dias, mas eu preciso agir. — Já com a bolsa pronta, saí do quartinho onde passei os últimos dias escondida, sem querer que Luke me encontrasse.

Sofri, chorei, amaldiçoei o meu destino. Sem falar dos enjoos constantes. E essa era a pior parte: cogitar que eu pudesse ter um filho dele sendo gerado em meu ventre.

— Querida, mas pode ser perigoso ir sozinha a um presídio. — Claudia ainda tentou me convencer, mas era inútil.

Eu tinha pesquisado muito nos últimos dias, principalmente sobre Damião. Queria saber tudo sobre o homem que eu chamei de pai, queria ter consciência de quem era ele quando ficássemos frente a frente. E esse dia havia chegado, era hoje.

— É um lugar seguro, Claudia, eu te garanto. Damião não poderá fazer nada contra mim.

— Não quer que eu vá com você?

Virei para ela e segurei seus ombros.

— Eu só agradeço por ter colocado seu trabalho em risco e me ajudado. Eu não estava pronta para encarar Luke, e ainda não estou, mas preciso seguir sozinha agora.

— Que Deus te abençoe. — Abraçou-me e, em seguida, colocou algo em minha mão. Eram algumas cédulas enroladas.

— Não, Claudia.

— Você precisa, menina. Fique bem. Que você consiga encontrar suas respostas.

— Muito obrigada! — Devolvi o abraço; dessa vez, bem mais apertado. Ainda existiam pessoas boas capazes de ajudar sem esperar nada em troca.

Saí da casa dela e entrei no Uber que já me esperava. Acenei para Claudia e respirei várias vezes seguidas para conter a ansiedade. Era o dia de encontrar o meu passado.

O CARRO ME DEIXOU NA PORTA DO PRESÍDIO QUE, SEGUNDO A minha pesquisa amadora, era onde meu pai estava preso.

Tirei o capuz da cabeça e olhei para fora, quase fraquejando e pedindo para o Uber me levar de volta. Mas o intuito de conseguir informações sobre mim falou mais alto. Paguei o motorista e saí do carro.

Não podia negar: estava morta de medo. Tudo era estranho, não só as pessoas, como também o lugar. Meu estômago revirou mais uma vez e eu achei que sucumbiria e vomitaria ali, perto das outras pessoas.

Não pareça suspeita.

Outro medo era que os agentes me achassem suspeita e quisessem me interrogar. Mesmo eu sabendo que, no fundo, algo assim só aconteceria nos filmes. Segurei com força a bolsa contra meu corpo. Antes de tomar uma atitude, escutei alguém me chamar.

— Lua?

Era um homem que eu nunca tinha visto; ou simplesmente não me lembrava dele.

— Oi...?

— Que bom que te encontrei. Você deu um trabalhão, porra. Damião está uma fera. Venha. — Virou as costas para mim, indicando que eu devia segui-lo.

— O quê? Quem é você...?

— Venha logo, Lua. — Ele abriu a porta de um carro e ficou parado, intrigado, com o cenho franzido, me esperando. Ele sabia meu nome, sabia sobre Damião, portanto me conhecia. Caminhei até ele.

— Eu vou entrar para visitar Damião. Preciso de respostas. Quem é você?

— Sou o Calabresa, porra. Entra logo no carro. — Ele empurrou minha cabeça e me forçou para dentro do carro. Logo depois, entrou também e o carro arrancou.

— Para onde estão me levando? — gritei, desesperada, batendo no vidro e tentando abrir a porta. — Quem são vocês? — Havia mais dois homens no banco da frente. Pelo espelho, o motorista me fitou. Seus olhos avermelhados me deram calafrios.

— Você gostou da boa vida que o playboy te deu, né? O que fizeram todo esse tempo? Deu para o ricaço? — O homem que estava sentado no banco detrás comigo me cutucou, como se tivéssemos intimidade. — Eu fico puto com mulheres que só dão para quem tem grana.

— Afaste-se de mim — berrei. Senti-me ofegante, muito enjoada. Abaixei a cabeça e coloquei o rosto nas mãos.

Isso não estava acontecendo.

O medo e o desespero eram uma bomba acabando com minhas emoções. Eu estava arrepiada e quase afogada em minha própria respiração.

Não perguntei mais nada até chegarmos ao destino. Era uma casa em um bairro estranho, parecia o lugar mais pobre da cidade. O homem desceu do carro, abriu a porta do meu lado e me puxou sem nenhuma formalidade.

— Ai! — gritei. — Está me machucando.

— Foda-se! Entra logo aí.

Ele abriu um portão pequeno e me empurrou, vindo logo atrás de mim. Eu segui entrando na casa, onde havia outro homem, fumando, e que abriu a porta e fez gesto para eu passar. Ouvi atrás de mim os outros dois falarem:

— Vamos ao presídio falar com Damião, avisar que a encontramos. — Em seguida, recomendou para o que fumava: — Fique de olho nela. — Ele fez sinal de positivo e me empurrou para dentro, trancando a porta atrás de mim.

Eu me vi em uma sala imunda. Havia muita bagunça sobre o sofá velho: garrafas vazias, roupas, embalagens de comida. O chão sujo, as paredes sujas e um mau cheiro de urina que me fez enjoar mais ainda.

— Calabresa. — Ouvi uma voz frágil vinda de um quarto, em meio ao barulho de televisão que também vinha do mesmo cômodo. — Calabresa, é você? Estou com fome.

Em passos amedrontados, um de cada vez, atravessei a sala, passei por um curto corredor e empurrei a porta.

Havia um menino ali no chão, cercado de gibis. Ele ficou de pé abruptamente, com os olhos saltados. Em seguida, tomado por um impulso, correu em minha direção. Eu fiquei sem reação, com os braços abertos enquanto ele enlaçava minha cintura.

— Lua! — gritou, apertando-me nos seus bracinhos magros. — Você voltou. Me leve com você, Lua. Não me deixe aqui.

— Ra... Rafael? — sussurrei, perplexa, aninhando-o nos meus braços.

Ele era o garoto da foto que vi na casa de Luke. Foi por esse menino que saí da casa de Claudia. Rafael era minha família.

Meu coração se partiu quando olhei para seu tornozelo e vi ali uma corrente que o prendia a um gancho na parede. Ele estava aprisionado neste inferno. Era difícil acreditar que o nosso próprio pai tinha sido capaz de tamanha maldade.

— Ei, olhe para mim. — Segurei o rosto dele. Estava molhado de lágrimas. — Eu vou te tirar daqui, tudo bem?

Ele balançou a cabeça positivamente.

— Não chore mais. Eu prometo que vou te levar comigo. — O nervosismo me deixava sem ar, a adrenalina fazendo do meu coração um tambor. — Preciso dar uma olhada na casa. Encontrar uma forma de fugir.

— Tá bom. — Ele ficou lá, em pé, com o rosto sofrido, mas tocado pela felicidade.

Eu era a única e última esperança do garoto. Saí do quarto e cheguei à cozinha medonha, que quase me fez vomitar. Fedia a comida azeda. Puxei uma porta emperrada e saí em um pequeno quintal. Os muros ao redor eram muito altos. Seria impossível sair pelos fundos. Voltei rapidamente e abri as gavetas do armário velho à procura de uma faca. Encontrei uma levemente enferrujada e voltei para o quarto. Rafael, ainda estava em pé, no mesmo lugar. Os olhos verdes, iguais aos meus, estavam saltados de pavor.

— Isso pode ser uma arma. — Mostrei a faca para ele. — Talvez possamos usar para nos defender. — Escondi debaixo do colchão.

— Lua, estou muito feliz que você veio me buscar — ele declarou, ofegante.

— Eu só vim aqui por você, querido.

Nesse momento, ouvimos um barulho muito alto e alguns gritos. Rafael, assustado, jogou-se no chão e se escondeu atrás da mesa da televisão.

Parecia barulho de briga.

— Fique escondido — pedi a Rafael e saí para a sala.

Para meu horror, Luke estava rolando no chão com um homem e outro tentando bater em Murilo.

— Luke? — berrei. O desespero me tomou.

— Lua, saia daqui — ele gritou, embaixo do grandalhão. Mas eu não podia fugir. Eu não podia deixar meu irmão nem Luke.

Olhei para os lados e vi uma garrafa de vodca vazia, peguei e a acertei na cabeça do homem que estava sobre Luke. Mas a pancada não foi forte o suficiente. Ele me olhou de soslaio, conseguiu se safar das mãos de Luke sem que eu pudesse lutar contra ele, tomou a garrafa da minha mão e acertou em cheio minha cabeça.

Ouvi Luke gritando e caí sem reação contra o sofá.

LUKE

PARECIA QUE TINHA SIDO COMBINADO; A VELHA E BOA COINCI-dência. O destino moveu seus pauzinhos e armou uma grande cena. Quando Murilo e eu chegamos em frente ao presídio para vigiar, vimos o momento em que um dos homens enfiava Lua no carro e saía dali arrancando em alta velocidade. Então, o seguimos.

Eu não tinha um plano, não estava pensando em nada naquele momento, só queria agir. Murilo ligava para a polícia dando a localização exata do covil dos bandidos. Eu só desci do carro e empurrei o portão. Não foi difícil pegarmos os dois bandidos despercebidos e invadir a casa.

Cambaleando, levantei-me e tentei chegar até Lua caída, desacordada pela pancada que levou.

— Fique onde está — disse o homem que a atingiu com a garrafa, tirando de algum lugar uma arma e apontando-a para mim. — Solte-o — gritou em seguida para Murilo, que saiu de cima do outro já desacordado. Meu amigo conseguira nocautear o filho da puta. Tinha feito um bom trabalho nas fuças do infeliz.

Ainda apontando a arma, pegou um celular no bolso e, após tocar na tela, colocou no ouvido sem tirar os olhos de mim e de Murilo.

— Mano, volte agora. Os playboys chegaram aqui. Sim, o alvo de Damião. Pode deixar, não vão fugir. — Riu, desligou e guardou o celular. — Tentando ser esperto, não é, playboy? Você está frito. Já pode se considerar morto. — Ele passeou pela sala, limpou o sangue do nariz e não se importou quando viu o líquido vermelho na mão. Olhou Lua desmaiada e sorriu.

— Quem diria, logo a puta que ia te matar, acabou te defendendo.

Ele demonstrou que era falador e, então, eu tiraria proveito, além de distraí-lo.

— Me matar?

— Era um plano perfeito. — Recostou-se na parede, sorrindo e mantendo a arma apontada. — A morte do velho, seu pai, depois Lua te seduziria, abriria as portas de sua casa para a gente te matar e, enfim, o moleque herdaria tudo. E como ele é menor, Damião iria administrar.

E era mesmo um plano excelente. Olhei para Lua. Então era esse o golpe. É por isso que ela se aproximou do meu pai.

Aquela noite no bar também teria sido fingimento?

— Lua aceitou isso? — Ela não parecia uma assassina.

— Lua só queria o irmão de volta, ela não sabia que você era irmão do moleque. Damião inventou para ela que tinha raiva de você, pois era responsável pela prisão dele. E a nossa querida ruiva acreditou. Ela iria acabar com você só para salvar o pivete. Pena que agora isso não adianta mais. Você e seu amiguinho vão para a cidade dos pés juntos — gargalhou sozinho, mas parou quando ouviu o som de sirenes se aproximando.

— Você tem pouco tempo para decidir se continua e confronta a polícia ou se fugirá. — Calmamente, dei uma cartada, saboreando a expressão de horror que o tomou.

— Cale a boca — gritou, apontando a arma para Murilo e depois de volta para mim. Começou a andar desesperado pela sala, coçando a cabeça sem parar. — Cale a boca, cale a boca...

— Fuja, idiota. Você é um só, a polícia vai te matar — incentivei. Só pensava em tirar esse cara daqui, não importando como.

— Porra! Não se mexam — gritou, completamente surtado. — Não se mexam. — Ele foi andando de costas em direção à porta, com a arma ainda apontada para nós.

Em seguida, ele correu para fora da casa, mas acho que não teve tempo de escapar, a polícia tinha acabado de chegar. Prontamente, corri para amparar Lua, e Murilo foi para fora da casa receber a polícia.

— E, ENTÃO, DOUTOR? COMO ELES ESTÃO? — PERGUNTEI AO MÉDICO.

Estava no hospital para onde Lua e Rafael foram levados. Seria uma cena que jamais esqueceria: quando espiei no quarto e vi aquele menino raquítico, encolhido e amedrontado atrás da mesa da televisão. Ele era meu irmão, e isso me abalou mais do que gostaria.

— O garoto vai ficar bem — o médico respondeu. — Está em choque, mas, com acompanhamento psicológico, ele ficará bem. A jovem não teve nenhum traumatismo com a pancada. Ela acordou desesperada e tivemos que administrar um calmante. Acordará em breve. E está tudo bem com o bebê.

Pasmo, olhei para Murilo e de volta para o médico.

— Bebê? — Sussurrei, quase sem fala. Ele estava falando de Lua Maria...

Ele olhou o prontuário e assentiu positivamente ao me fitar.

— Exatamente, ela está grávida de quatro semanas. Você pode entrar e vê-la agora.

— Cara. — Murilo bateu em meu ombro, rindo de orelha a orelha. Eu só mantinha a boca entreaberta sem qualquer movimento. — Você vai ser pai novamente, Luke!

Eu estava no automático. Ainda sem uma reação diante da notícia. Andei pelo corredor seguindo uma enfermeira e entrei no quarto onde Lua estava. Sentei-me em uma poltrona, observando-a na cama de olhos fechados.

Grávida.

Um bebê.

Meu bebê.

Uma lágrima solitária caiu de meu olho ao relembrar-me de Rebeca. Jamais cobriria o vácuo que ela deixou, mas encheria meu coração de felicidade, aquilo que jamais sonhei sentir novamente.

Os minutos passaram, na verdade, algumas horas. Fiquei no mesmo lugar, na mesma posição, apenas fitando-a. Então, ela começou a mexer, gemendo baixinho, e eu me posicionei ao lado da cama.

— Oi — sussurrei, segurando a mão dela.

Lua abriu os olhos e me fitou.

— Oi — respondeu e sorriu aliviada ao me ver.

— Como você está?

— Ainda sem recuperar as minhas memórias. E com a cabeça doendo para caramba...

Cheguei a achar que ela recuperaria todas as memórias após a pancada, mas, de qualquer forma, sentia-me feliz por vê-la a salvo.

— É uma pena que não tenha as memórias de antes.

— É... uma pena — concordou, enquanto sorria.

— Seu irmão está em outro quarto, ele está bem — anunciei.

— Nosso irmão — ela corrigiu, ainda segurando minha mão.

— Nosso irmão — concordei. — Lua, você tem algo para me contar? — Instantaneamente, ela pareceu nervosa, como se tivesse sido pega no flagra. — Por favor... Será que eu não mereço saber?

Lua soltou minha mão e desviou o olhar. Sua expressão era puramente dolorosa.

— Eu... estou grávida? — Ela perguntou com a voz falhando.

— Foi o que o médico disse.

— Eu não sabia disso... — confidenciou, olhando nos meus olhos. — Comecei a sentir enjoos, estava desconfiada, mas não tinha certeza ainda.

— Sim, está. É nosso bebê, Lua.

— Eu não posso falar disso agora, Luke. Não posso falar nada sobre a gente enquanto não souber o que houve no passado. Quem eu era? O que eu representava em sua vida?

—Tudo bem. Sei que um dia vai se lembrar, mas já saberá de tudo quando o dia chegar. — Puxei a poltrona e sentei-me ao lado da cama.

— Nos conhecemos na véspera de Natal. — Sorri. — Em um bar.

— Luke... Eu quero a verdade.

—Você estava vestida de Mamãe Noel e transamos naquela noite, mas eu só soube no dia seguinte que você era a noiva do meu pai.

24

AS FACES DE LUKE

LUA

LUKE TINHA IDO PARA CASA. PEDI PARA ME DEIXAR SOZINHA, precisava da minha própria companhia, dos conselhos de meus próprios pensamentos e confrontar meus próprios demônios depois de saber de toda a merda que era minha vida e de como eu agi com o pai dele. Tudo a mando de meu próprio pai. Eu queria chorar, gritar, me revoltar contra o destino e universo. Eu desejei ter continuado em completa escuridão, sem saber quem eu era, parecia mais feliz assim.

Luke tomou a casa que era dele por direito. E, se ele não tivesse me manipulado para assinar a papelada, eu mesma assinaria tudo. De repente, senti pena dele por ter sido enganado por mim na noite do bar e ter perdido o pai poucos dias depois. Luke era um homem sozinho, encoberto em um mundo sombrio e de mágoas, mesmo tendo tanto dinheiro.

Eu estava em um quarto muito bom e confortável e sabia quem estava custeando tudo. Havia outra cama no quarto e, por isso, trouxeram Rafael para ficar comigo até eu poder ir embora. Ele era menor de idade e não havia mais ninguém responsável por ele, além de mim. Nós dois éramos nossa família.

— Lua, a gente vai voltar para nossa casa? — indagou, sentado na outra cama, me observando.

— Não sei, meu querido. — De verdade, eu não sabia para onde iríamos.

Rafael sentiu medo durante a noite e eu o chamei para minha cama, abraçando-o para que pudesse se sentir seguro. Fiquei acordada por muito tempo, pensando nos meus próximos passos. Eu poderia fugir de Luke para sempre, ter o bebê em outro lugar e viver sozinha com meu filho e meu irmão.

Eu não sabia se um homem como Luke gostaria de ter um filho e não queria forçá-lo a aceitar o bebê. Talvez interrompesse a gravidez...

Só de pensar, meu coração palpitou em desespero. Não. Eu jamais seria capaz.

NA MANHÃ SEGUINTE, O MÉDICO PASSOU PARA ME VER E, APÓS alguns exames, me liberou para ir embora. Antes mesmo que pudesse cogitar alguma coisa, como ir para a casa de Claudia, Luke apareceu de supetão, bem no momento que eu ouvia as recomendações do médico. Quando o doutor disse que eu precisava começar o pré-natal, engoli em seco e apenas assenti, ciente dos olhares de Luke pairando sobre mim. Eu não queria que ele se sentisse obrigado a fazer qualquer coisa. De certa forma, sua presença me incomodava, pois eu não sabia como agir.

— Vamos? — disse ele, após o médico sair. — Eu vim para levá-los.

Me afastei um pouco de Rafael e Luke me seguiu, com o cenho franzido, sabendo que eu tinha algo a falar.

— Luke... Podemos encontrar um lugar... — cochichei.

— Nem quero discutir isso, Lua. Está fora de cogitação, vocês já têm lugar para ficar.

— Luke. — Segurei seu braço, obrigando-o a me olhar. — Não vou para sua casa. Eu te perdoo por ter me enganado, também errei muito, mas não posso aceitar que faça sacrifícios por mim.

— Se engana achando que será um sacrifício... Tem o bebê a caminho...

Olhei para Rafael, que estava tomando o café do hospital. Me voltei para Luke, começando a ficar agitada. Luke me observou de sobrancelhas erguidas, denotando estar confuso.

— Não precisa se preocupar com isso. Eu não vou te forçar a nada. Você pode pagar uma quantia se quiser... Não pense que é um golpe da barriga.

— Caramba, Lua. O que está falando? Que tipo de homem acha que sou, que veria um filho meu apenas como um gasto?

— Eu... Não sei. Estou confusa e não te conheço. Até pensei em interromper a...

— Não fale uma coisa dessa, Lua! Olhe para mim. — Ele segurou meu rosto, vi seus olhos ganharem um tom suplicante. — Nunca pense em uma coisa dessas. Nada vai te faltar, só não pense nisso novamente.

Assenti, assustada com a explosão desesperada dele.

— Minha vida era uma merda mecânica e gelada, Lua. Então, o ódio que senti por você esquentou meu coração. Eu só não sabia que, na verdade, era revolta por você não me querer. E, depois, quando estávamos juntos, eu parecia finalmente ter uma vida.

— Eu não posso continuar naquela bolha com você, Luke. Sem te conhecer... Sem saber do que você precisa, o que te faz sofrer...

— Então venha comigo... — Segurou minhas mãos. — Venha que eu te mostro quem é Luke Ventura de verdade. — E eu aceitei. Porque eu o amava.

SAÍMOS DO HOSPITAL E HAVIA UM CARRO NOS ESPERANDO NA porta. Fomos nós três no banco detrás. Rafael impressionado com a beleza do carro.

— Sabia que sou seu irmão? — Luke falou com Rafael.

Fiquei surpresa, pensei que ele apenas ignoraria o garoto, já que é fruto de uma união que Luke odeia.

— Lua me contou. Você se lembra da minha mãe? — Rafael questionou, interessado, e Luke me olhou com curiosidade e leve desconforto.

— Beatriz faleceu quando Rafael tinha apenas quatro anos — contei a Luke o que o menino tinha me falado na noite passada.

A notícia não desestabilizou Luke, era como se ele já soubesse. Anuiu para mim e voltou a encarar o menino.

— Quando eu era criança, um pouco mais jovem que você, Beatriz, a nossa... — pigarreou — ... mãe, fazia muitas coisas deliciosas. Eu estava ficando rechonchudo de tanto comer. Naquela época, ela foi uma ótima mãe.

— Eu tinha uma foto dela na minha mochila, mas a perdi quando os homens me levaram — Rafael lamentou.

— Poderemos recuperar fotos dela para você. Mas, agora, vamos pensar no presente. Estou te levando para conhecer a casa onde morei com Beatriz. Você vai gostar.

— E é muito grande?

— Sim, com piscina e quadra de esportes.

— Meu Deus. — Rafael me olhou, perplexo, mas feliz. Ri junto com Luke e baguncei o cabelo do menino. Era bom vê-lo sorrir depois de encontrá-lo amarrado naquela pocilga.

Ao chegar em casa, Luke me ajudou a descer e Rafael já correu em direção a uma fonte no meio do jardim.

Entramos e fomos para a parte de cima. Apesar de eu afirmar que estava bem, Luke insistiu em me apoiar enquanto subia as escadas. Rafael estava conhecendo a casa, só gritei para ele tomar cuidado com a piscina. Luke estava sozinho comigo, então paramos diante da porta branca no corredor, a qual me despertou curiosidade da outra vez que estivemos aqui. Ele abriu a porta e acendeu a luz lá dentro.

Havia móveis cobertos com lençóis brancos. Luke caminhou até as cortinas e as puxou, deixando a luz natural invadir o lugar.

— Venha, Lua, se quer me conhecer, você precisa ver o que tem neste quarto.

Entrei cautelosamente. As paredes eram rosa-claro com flores e borboletas coloridas. Luke foi descobrindo os móveis, retirando os lençóis brancos e, em um instante, estávamos em um quarto de bebê.

— Eu tive um bebê — ele confessou, baixinho. Os olhos fitavam o chão, como se não quisesse olhar para o quarto. — Era uma menina, mas ela não está mais entre nós.

— Meu Deus! — Levei as duas mãos a boca.

— Mesmo que eu não conheça o nosso bebê ainda... Ele é só uma sementinha... Não queria perder mais um.

— Luke...

Ele pegou um porta-retratos, deu uma olhada na foto, nostálgico, e me entregou em seguida.

— Ela se chamava Rebeca.

Na foto, uma menina de cabelos grandes e cacheados sorria nos braços de Luke em uma versão bem mais nova.

— Ela era linda, Luke. Tinha seus olhos.

— Sempre diziam isso — ele sorriu, orgulhoso.

— Quer me contar o que houve?

— Claro. Foi em dois mil e onze. Ela tinha três anos. — Ele se recostou na parede, enfiou as mãos nos bolsos e me contou tudo. O pavor que sentiu quando soube do tsunami, o desespero de não ter notícias, o desaparecimento e, por fim, o dia em que o corpo chegou.

Pela primeira vez vi uma lágrima correr em sua face e ele não se preocupou em limpá-la. Era essa a dor que tinha transformado Luke no homem indiferente e calculista da mídia. Porém, o que conheci na casa de praia era diferente: ele ria, dançava, falava sobre seu trabalho de uma forma apaixonada, mostrando que projetar navios era o que ele gostava.

Eu o abracei, diminuindo a distância entre nós, e o apertei em meus braços, com meu rosto encostado em seu peito. Luke me abraçou de volta e ficamos por bom tempo assim, calados, recebendo a força um do outro.

Ele levantou meu queixo, para que pudesse olhá-lo.

— Sentiu algo quando estivemos juntos, Lua?

— Sim — sussurrei e meus olhos se encheram de lágrimas. — Eu senti.

— Então, fique comigo. Me dê uma chance de reconstruir tudo, sem mentiras desta vez. Podemos criar nosso filho e nosso irmão, podemos amadurecer juntos e aprender um com o outro. Eu não tenho mais ninguém. Seja a minha família. Posso não dizer "eu te amo" com facilidade, mas meus atos provarão sempre que amor é o que sinto por você.

Não era o que eu esperava dele. Depois que fugi para a casa de Claudia, pesquisei sobre Luke, e ele era descrito como homem frio e calculista. Mas eu o conheci e vi que ele tem um coração. Seus olhos eram a prova de que estava vivo e não era frio.

— Eu também quero ter uma família, Luke, uma família que seja minha. — Aceitei e ele me puxou com força para outro abraço.

O alívio tomou conta do meu coração, porque agora eu não estaria sozinha. Eu tinha um porto seguro e, mesmo sem memórias, estava encontrando a felicidade.

EPÍLOGO

LUKE

EU RELUTEI EM VIR E LUA RESPEITOU MEU INCÔMODO EM VISITAR o cemitério com ela. Especificamente a lápide de meu pai. Por fim, eu mesmo me convenci a ir. Aquele passado não nos pertencia mais e meu pai estava em um plano melhor. Ele havia cumprido sua missão e partiu sabendo a verdade.

Lua levava rosas consigo. Colocou uma no túmulo do meu pai e emocionou-se ao pedir desculpas a ele. Às vezes, eu desejava que Lua nunca mais se lembrasse de seu passado, pois era ruim e carregado de lembranças dolorosas. Ela escolheu uma rosa e a colocou no túmulo de minha filha, ao lado de onde meu pai estava. Eu jamais esquecerei Rebeca, a minha pequena princesa, porém sentia em meu peito a aceitação que não conseguia sentir antes. Eu a estava deixando descansar. A visita ao cemitério tinha sido como o fim de um ciclo, uma página virada. Minha filha e meu pai estariam em meu coração para sempre, mas não faziam mais parte do meu presente.

— ESTA É A NOSSA NOVA LINHA DE PRODUÇÃO DE IATES E SERÁ lançada ainda este ano — falei para uma plateia de investidores sentados ao redor de uma grande mesa. — Os senhores acabam de fazer uma ótima escolha. Sejam bem-vindos à família River Naval.

Fui aplaudido por todos eles, depois cumprimentei cada um individualmente e, quando a reunião finalizou, fui para minha sala, sendo acompanhado por Murilo, que estava participando. Entramos na sala e nem tive tempo de me sentar para descansar um pouco, ao contrário de Murilo, que se jogou na poltrona.

Iríamos visitar a construção de um petroleiro e precisava chegar em casa a tempo de almoçar com Lua e Rafael. Estávamos nos dando muito bem morando juntos na casa que era do meu pai. Rafael tinha o próprio quarto, mas devia seguir regras, como arrumar a própria cama, respeitar os horários para dormir e assistir à televisão depois dos deveres da escola. Para mim, era uma novidade ter que cuidar de um adolescente, mas ele era um bom menino e, dividindo a responsabilidade com Lua, não ficava tão pesado. Ele já estava se recuperando, então o incentivei a fazer uma atividade física e de defesa, o muay thai. Queria que meu irmão pudesse se defender, caso precisasse. Eu o moldarei como um bom homem, darei toda a assistência que não tive vinda do meu pai.

— Muito ansioso para o casamento? — Murilo perguntou. Lua havia dito "sim" um mês atrás, e a data estava cada vez mais próxima, semana que vem. — Jamais acreditei que pudesse ser seu padrinho novamente. — Murilo riu, e esse comentário impregnou em minha mente.

Logo eu, que jurei jamais me casar novamente e jamais me envolver de modo sério com outra mulher, estava ansioso para chegar o dia em que Lua fosse finalmente minha esposa.

— Não tanto. — Menti para tentar evitar piadinhas. — Mas estou ansioso pela lua de mel.

— Essa é a melhor parte do casamento: tirar férias para transar. E, o melhor de tudo, você não vai precisar se preocupar em usar camisinha. O útero já está devidamente ocupado.

Dei uma gargalhada, mas o alertei a seguir:

— Piadinha bem babaca. Respeite minha mulher, por favor. É por essas e outras que você ainda está solteiro. — Peguei umas pastas, ajeitei-as na bolsa e virei-me para ele. — Notícias de Damião?

— Com base no depoimento dos comparsas, ele será indiciado pela morte do seu pai e pelo sequestro e cárcere de Rafael.

Assenti. Foi um baque para mim quando o delegado me ligou e deu a notícia de que o carro de meu pai tinha sido sabotado. Imediatamente pegaram o celular antigo de Lua, pois um dos capangas de Damião estava acusando-a de ser cúmplice. Mas as mensagens encontradas provavam sua inocência. Ela foi avisada que o carro estava sabotado, todavia já era tarde.

— Só espero que todos paguem pelo que fizeram. Vamos?

— Vamos lá. — Murilo se levantou e me seguiu para fora da sala.

———•———

— EU JURO QUE CHEGUEI A COGITAR QUE MEU AMIGO IA SE TORNAR aquele senhorzinho rabugento que fura a bola da criançada quando cai no quintal dele — Murilo falou e todos os convidados riram. Era o meu casamento e ele, como padrinho, cismou de discursar. E continuou: — Falando sério, ele estava mesmo sofrendo. Tentava demostrar que era o poderoso inabalável, mas eu estava lá nas suas maiores dores e sei como a vida o surrou e como ele foi forte. Por isso, meu brother, hoje não poderia estar mais do que feliz por ver você sair daquela fossa e estar pronto para recomeçar. Você tem sorte de ter encontrado Lua e ela, igualmente. Um brinde ao casal Lulu — ele gritou e todos em volta levantaram suas taças.

Também brindei com Lua e a beijei. Minha esposa. Tão bela e radiante vestida de noiva. Eu estava orgulhoso e não me arrependia de nada, pois tudo o que fiz foi um degrau para chegar ali. Cada pequena escolha errada tornou-se nosso melhor passo no fim das contas.

O casamento era na casa de praia, onde tudo realmente começou. Onde nosso amor floresceu e eu deixei que a felicidade me tocasse.

Andei com Lua pela praia, só nós dois. Ao longe, perto da casa, a festa ainda estava a todo vapor. Paramos de andar e observamos Rafael correndo e pulando as ondinhas. A calça social dobrada até os joelhos. Lembrei-me da minha infância, quando nada me preocupava.

— Ele está tão contente — sussurrei.

— Está. É meio estranho dizer que os irmãos dele se casaram.

— Muito estranho — concordei, rindo.

— Mas sabe o que é mais estranho? — Ela enlaçou meu pescoço em um abraço e segurei em sua cintura. Os cabelos ruivos dançavam ao vento.

— O quê?

— Meu desejo de comer sonho de padaria.

Compartilhamos uma sonora gargalhada.

— Há um sonho enorme e gostoso te esperando — cochichei no ouvido dela e mordi a pontinha, fazendo-a estremecer em meus braços.

— Esse pessoal que não vai embora logo. — Ela imitou um olhar raivoso. — Mal posso esperar para saborear esse sonho. — E beijou-me ternamente.

— Com muito recheio — respondi.

— Besta — riu e afastou-se do abraço, segurando o vestido de noiva com uma mão e entrelaçando a outra na minha.

— Eu te amo, ouviu? — falei.

— Eu sei. — Ela deu de ombros de modo esnobe.

— Como é? — A agarrei pela cintura e a peguei no colo. — Fale que me ama ou te jogo no mar.

— Aaah! Casei com um louco.

— Diga!

— Eu te amo, Luke...

— Assim está melhor. — Soltei-a.
— Mas estou falando do Skywalker. — Emendou e saiu correndo.
— É hoje que você me paga. — Corri atrás, deliciosamente realizado.

LUA

MARIANA FOI O NOME QUE ESCOLHEMOS PARA NOSSA FILHA. Era uma menina linda, com cabelos ruivos, sardas e olhos acinzentados, como os de Luke. Era a nossa razão de viver. Luke a amava com todas as suas forças, mas eu o flagrava preocupado enquanto a assistia brincar. Entendi que Luke tinha medo de perder uma filha novamente e senti necessidade de falar isso com ele.

— Jamais faria com você o mesmo que aquela mulher te fez no passado.

— Eu sei. Você não é igual a ela.

— Eu vivi uma vida sem mãe, com um pai ausente e bandido, jamais escolheria afastar minha filha do pai dela — reforcei. Eu o amava, não iria abandoná-lo.

— Somos parecidos até nisso. — Ele fez um carinho em minha bochecha. — Vamos ficar bem, sei que vamos. Além do mais, tem outro a caminho. — Passou a mão na minha barriga de seis meses.

— Só temos que nos segurar um pouco; caso contrário, daqui a pouco teremos um time de futebol.

NA MANHÃ SEGUINTE, DOMINGO, ACORDEI E LUKE JÁ NÃO ESTAVA mais na cama. Levantei-me devagar, pois estava enorme por causa da gravidez e as pernas não paravam de doer. Fui ao banheiro e depois desci, ainda de camisola, para ver o que eles estavam aprontando.

Vi Luke na cozinha, com Mariana no colo, enquanto experimentava na mão se a mamadeira estava no ponto. Depois, arrastou uma cadeira e sentou-se com ela no colo para que ela pudesse beber. Nossa filha já ia completar três anos, mas a mamadeira dela pela manhã era de lei. E quase sempre ele conseguia preparar melhor do que eu.

Luke não me viu assistindo aos dois. Sorri com aquela cena que se repetia quase sempre, quando ele estava em casa pela manhã.

Vi o jardineiro passar lá fora. Saí dali e fui ao jardim pedir ao senhor Alonso como gostaria que os arbustos fossem podados. Depois, subi para chamar Rafael. Era domingo, mas ele tinha trabalho escolar para entregar na segunda. Agora com quinze anos, a rebeldia começava a aflorar, além de estar crescido e comendo como um leão.

— Acorde logo, antes que eu jogue um balde de água fria em você. — Saí do quarto, deixando-o ainda deitado com o travesseiro na cabeça, e o ouvi reclamar:

— É domingo, pelo amor de Deus.

Se bem que eu até o entendia. Era uma manhã fresca de domingo, o clima perfeito para passar o dia na cama. Em mim, havia outro fator: a gravidez pedia cama. Voltei para lá e acabei dormindo novamente. Acordei assustada, com uma dor horrível na cabeça, e sentei-me na cama de supetão arregalando os olhos, observando ao redor. Eu estava lembrando de tudo.

Coloquei a mão na boca e quase gritei ao ter bem viva na minha mente a lembrança do acidente que ceifou a vida do pai de Luke.

O confronto com Luke na ceia de Natal. O carinho que eu sentia por Will, estava tudo girando na minha cabeça. Saí correndo do quarto, ainda descalça, desci as escadas para contar tudo para Luke, mas, então, parei e o vi sentado com Mariana no meio de vários brinquedos. Ele segurava uma boneca e usava uma voz fina para falar com nossa filha. Ela ria a ponto de jogar a cabeça para trás.

Eu fiquei ali assistindo aos dois e meu coração foi se acalmando. Decidi não falar com ele. Essas lembranças não adiantavam mais nada; agora, eu tinha uma nova vida para lembrar. Os momentos que realmente seriam importantes no futuro.

Esse seria meu segredo. Com cuidado por causa da barriga grande, me abaixei ao lado deles.

— A mamãe chegou para brincar. Qual boneca será a dela? — Luke falava com nossa filha, sem ter noção do que estava acontecendo na minha cabeça.

— A da mamãe é essa, de cabelo *vemeio* como o dela. — Mariana me entregou uma boneca.

— Uau, a mamãe é a mais linda.

— Não tão linda como a Vivi. — Luke levantou a boneca dele.

Luke disse certa vez que eu era como uma lua, tinha várias faces e que ele amava todas. Agora, no entanto, apenas uma face da lua permaneceria para sempre encoberta.

Primeira edição (maio/2021)
Papel de miolo Pólen Soft 70g
Tipografias Caecilia LT Std e Metropolis
Gráfica LIS